L O C U S

LOCUS

catch

catch your eyes；catch your heart；catch your mind……

catch 151

會飛的書包
—騎著學習掃帚的交換學生

作者：孫書恩、張瑜軒、劉耀謙、林怡均、陳浩輔
盧彥彰、蕭雅心、張倚瑄、陳稚揚、魏欣妍
責任編輯：繆沛倫
美術編輯：蔡怡欣
法律顧問：全理法律事務所董安丹律師
出版者：大塊文化出版股份有限公司
台北市105南京東路四段25號11樓
讀者服務專線：0800-006689
TEL：(02) 87123898　FAX：(02) 87123897
郵撥帳號：18955675　戶名：大塊文化出版股份有限公司
e-mail:locus@locuspublishing.com　www.locuspublishing.com
行政院新聞局局版北市業字第706號

總經銷：大和書報圖書股份有限公司
地址：台北縣五股工業區五工五路2號
TEL：(02) 89902588 (代表號)　FAX：(02) 22901658
初版一刷：2009年4月
定價：新台幣350元
Printed in Taiwan

會飛的書包

騎著學習掃帚的**交換學生**

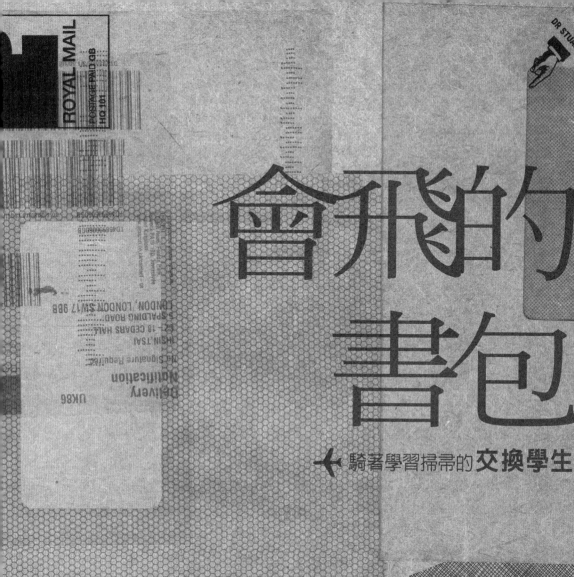

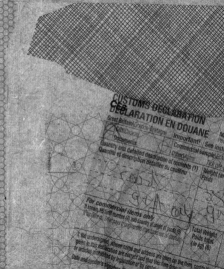

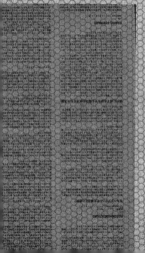

「人生可能會有一百種理由讓你無法完成你想要做的事情，但是當你真正想做的時候，一個理由就夠了。」

／瑞・科倫，《陪妳到最後》

序

不知不覺的，在大學校園裡來來回回的奔波已經四年。一天中午，當我一人靜靜的坐在搖椅上，旁觀政大羅馬廣場中熙來攘往的人潮，突然驚覺，自己的學生生活竟已無奈地僵化成每個禮拜穿梭於幾棟再熟悉不過的教學大樓，按時進出相同的教室，潛意識地選擇坐在固定的位子上，翻弄著幾本無法挑起學習欲望的教科書，台上的老師才剛開口，心中就暗暗地期待下課鐘聲的響起，目光不經意地向教室四周掃過，映入眼簾的似乎總是那幾張永遠不變的面孔。可怕的是，這種日子過久了也就習慣了，無意間，日復一日的習慣便成了命運的主宰。儘管不滿於現狀，卻因害怕改變所帶來的不確定性而選擇默默地等待，等著師長親友替我們指引方向、等著觀察其他同學的生涯抉擇、等著報章媒體揭露出下一個「金飯碗」和「鐵飯碗」。可惜如此的等候並無法帶給我們明確的答案，隨著身旁同學陸陸續續穿起學士袍、拍起畢業照，人生的藍圖依舊顯得渾沌不明。一旦著手撰寫起求職履歷和生涯自傳，令人忐忑不安的不再只有未來，心中還將浮現另一個疑問：我究竟在大學階段留下些什麼？

「假如我們等待某人或等待未來某刻再做，改變永遠不會到來。我們就是我們在等待的人，我們自己就是我們所追求的改變。（"Change will not come if we wait for some other person or some other time. We are the ones we've been waiting for. We are the change that we seek."）」美國總統歐巴馬的這一

句話讓我明白，與其在缺乏目標的等待中讓年輕的歲月掉入一種麻木的循環，倒不如勇敢地踏上一段新的旅程，尋找那首單單屬於自己的人生樂章。本書要描述的，就是一群交換學生在外闖蕩的經歷。儘管基於不同的動機、抱持不一樣的夢想，科系背景也有所差異，但到了國外，同樣都得學習將自己歸零，在陌生的環境中重建個人的生活節奏、交友圈乃至價值觀，並獨自承擔這段期間所面對的大小挑戰。

擔任交換學生的價值，在於藉由探索世界而更深刻地認識自己。海外生活的每一分、每一秒，都充滿著擴展視野的機會。從美國同儕的身上，見識接受陌生事物的開放包容；從歐洲學生的言談中，體驗多國語言的稀鬆平常；從中南美洲朋友那裡，明白何謂擁抱青春的熱情狂野；透過亞洲學生的互動，習取韓國人的團結、日本人的含蓄、大陸人的自信。進入國外的大學，重點不再是成績的競爭，而是個人特色的培養和展現。本書的作者不約而同的在這個過程中經歷了人生的轉折，然而收獲的多寡，取決於個人的態度和抱負，並非期間的長短或物質條件的好壞。

感謝盈初、耀謙、浩輔、稚揚、雅心、倚瑄、彥彰、弼任、欣妍、瑜軒、怡均、榮格等夥伴在過去一年半的期間裡與我一同努力將本書完成，也謝謝李惠貞編輯、繆沛倫編輯以及大塊文化所有協助本書出版事宜之工作人員的辛苦付出。當然，如果沒有我們父母親在經費和精神上給予支持，今天也很難有這本書的誕生。

召集人　孫書恩

二〇〇九年一月於台北

交換學生的第一步

申請流程

要申請成為交換學生，你最好上課別太混嘍！因為交換學生屬於學校間的菁英計畫，哪個學校不希望交換來的學生很聰明、很認真、很厲害呢！要申請交換學生，會先通過校內甄選，通過之後才向欲交換的學校遞交申請表，讓對方甄選是否要讓你成為他們的交換學生，因此語言能力和在校成績都是不可或缺的一環，想要成為交換學生，來看看下列的流程跟必須準備的文件！

1 選擇學校

目前幾乎每個學校都有和國外大學合作的交換學生計畫，因此可以先看看你自己的學校有哪些合作大學，這些大學是否提供你要選修的課程與學分，並評估自己的語言能力、經濟狀況與專業科目，再決定要申請哪些學校。

2 語言能力

所有的學校，不管是不是英語系國家，幾乎都會要求托福成績，有些則可用IELTS成績，因此要注意申請期限和語言考試的日期。每個學校要求的成績標準不太相同，但基本上托福iBT都得要80分以上、紙本考試550分以上、IELTS達到6以上，才較有希望通過甄選。

3 備齊文件與筆試

申請表、英文版在校成績單、語言能力成績證明、老師推薦信（2到3封）、英文自傳與讀書計畫、家長同意書等。這些資料要在甄選期限前交給學校，並且參加學校的語言能力筆試，像是日文、法文、德文、西班牙文等。

4 繳交申請資料

到了這個步驟，恭喜你，表示你通過學校的初步甄選，可以向你想去的學校提出申請了。這時要到對方學校下載申請文件，再附上學校要求的各項資料，準備好後給學校統一寄發就行了，不需要自己寄出。

5 辦理手續

通過國外交換學生的審查、拿到入學許可後，就可以開始著手準備出國的事情了。辦理學生簽證、財力證明、申請宿舍或租屋、購買機票等，役男也要記得去辦緩徵。

費用估算

成功拿到入學許可後，交換學生還是要繳交國內原學校的全額學雜費，等於還是在原學校註冊，但國外學校的學雜費則全免。不過生活費、保險費、住宿費、簽證費、往返機票等，還是得自行負擔。通常學校會提供獎學金，也有些學術單位或文化交流單位提供的獎學金可以申請。

若不把獎學金算在內的話，父母要準備多少錢讓你當交換學生呢？其實食宿、交通等生活費，會依所去的國家、地區而有所不同，匯率動盪下也很難精確估算，不過東南亞國家較便宜，一年約30到40萬台幣即可；歐洲國家較昂貴，英國郊區約一年六千英鎊、倫敦市區就得估到一萬英鎊；澳洲、紐西蘭地區一年生活費大概各一萬澳幣與紐幣，美國則看地區，從鄉村到大都市一年的花費，可能會是從八千元到三萬美金的差距。如果你選擇超大都會當交換學生，還是請父母準備個上百萬，免得流落街頭嘍！

ROYAL MAIL
POSTAGE PAID GB
HQ 101

TPE
CX 025649

TPE CX025649

PEEL UP TO
HERE TO
REVEAL
ADHESIVE

ROPE
ASIA
AMERICA

CONTENTS

歐洲

荷蘭
充滿向心力的低地國

孫書恩
政大法律系→荷蘭萊登大學

荷蘭，這個位在西歐的蕞爾小國究竟對我而言有何獨特的魅力？為台灣人熟悉的大型跨國企業，如「ING集團」、「荷蘭銀行」、「聯合利華」、「全球人壽」、「皇家飛利浦電子公司」等，全部來自荷蘭。荷蘭到底有甚麼競爭優勢是台灣沒有的？

異國生活初體驗

從下班機的那一刻起，我便開始與時間賽跑。比我早三個星期到達荷蘭的一位政大交換生陳德怡，跟我約好早上八點在萊登中央火車站（Leiden Central Station）大門口會合。在我匆匆忙忙地領完行李步出海關的那一刻，手機螢幕上的時間剛轉為七點二十五分。

琳瑯滿目的各式店鋪，是史基浦機場的入境大廳給我的第一印象。整排的商家沿著一條長廊向我左右兩方平行地擴散出去，置身其中，會產生一種後腳才剛踏出機場，前腳已踏入百貨公司的錯覺。這個V字型的購物場所，被當地人冠上「史基浦廣場」（Schiphol Plaza）的稱號。從基本的速食店、超市、花店、紀念品店，到各式品牌的服飾店和電器行，幾乎一應俱全，而且就如同任何一家百貨公司一般，它們也會定期舉辦商品促銷的活動。不過，相較於前一個轉機點——香港國際機場——所呈現的「華麗」與「氣派」風格，史基浦倒是蘊含著一股「溫吞而含蓄」的樸實感，但這絲毫無減於其整潔明亮的舒適氛圍。

在櫃檯迎接我的是一位身著制服的荷蘭中年婦女，儘管從她的臉上見不到一抹微笑，不過整體的應答態度還算客氣。彷彿出於反射動作，她透過一

種不帶感情的口吻先後以荷蘭語和英語向我問好。聆聽完我的疑問後，她朝她的右後方做了一個簡單的比劃，並表示火車售票櫃檯就位在一片巨大的黃藍色招牌底下。往她指引的方向走了幾步，果真望見那塊醒目的招牌就在前方不遠處，內心為此暗爽了一下，起碼省去拎著大包小包長途跋涉的麻煩。實際來到櫃台買票時，才發現還有另一項難題等待著我。

在我向櫃台小姐表示我想申辦一張火車折扣卡後（供平日九點以後以及週末全天購票時，得享六折優待），對方很快地拿出了一張申請表讓我填寫，之後就直接轉過頭去跟身旁的同事聊了起來。對一般的當地人來說，要填寫那張表格一點都不困難，裡頭要求的不過是個人基本資料，然而我拿到表格後，卻在原地愣了好一陣子。我努力地嘗試從紙張上那一排排陌生的文字中，拼湊出我所熟悉的語句，不過我在英文方面的造詣顯然無助於理解那份完全由荷蘭文寫成的文件。既然無他法可施，也只好硬著頭皮開口請售票人員一一講解每個欄位的意思。那位小姐看我如此掙扎地揮動著筆端，乾脆就將整份文件收回去幫我填寫。我可是因此大大地鬆了一口氣，畢竟當時在我身後排隊的人已經漸漸的多了起來。我沒料到的是，日後這種體驗當「文盲」的機會卻還多得是。

好不容易購買到火車票，我趕緊奔赴機場大廳正下方的火車月台區（如此便利的設計，不知讓多少荷蘭建築工程師煞費苦心。）踏上月台區的那一刻，時間已來到七點四十五分，幸好列車很快便駛進了車站。鑑於荷蘭火車班次都嚴格遵守時刻表，因此車才一停妥，我就急忙抓著行李往車廂裡跳，深怕只要稍慢一步就會被該列車毫不留情地拋棄在月台上。

從史基浦機場到萊登車站的車程只花了短短的十五分鐘，讓我還是順利地在八點出頭與德怡在車站正門口相見。打完照面後的第一件事，她就帶我走到車站正門旁邊一個標示為「Visitor Center」的小房間裡。這個隸屬於萊登大學的「旅客服務中心」真正的功用，其實比較近似於「新生報到處」，讓國際學生一下火車馬上就能前往該處領取「註冊資料袋」。當然，在拿東西之前，還是得先填寫幾張表格文件，好消息是，表格的內容已被翻譯成英文。

於校外設置「接待中心」或「學員服務處」的概念，在台灣的大學顯然前所未聞，不過既然各校皆有意邁向國際化並嘗試爭取成為世界百大的頂尖學府，那麼像是這樣的「前端作業」實在輕忽不得，細節處的用心會讓招收到的學生留下深刻的印象。設想一位剛從國外遠渡重洋來到台灣的留學生，若是一下飛機，就能先在桃園機場內找到隸屬於該大學的「新生接待中心」；或是從台灣南部搭車北上的外縣市學生，一到台北車站便能見到該校的「學員服務處」；如此，在實際踏入校門之前，便由一群親切的服務員（可由該校的學生擔任）提供熱情的招待，離鄉背井的外地生內心的不安定感肯定頓時少了一半，而各項報到的行政手續、資料的領取和交通路途的詢問，也一併在此階段解決，不但有利雙方的作業，學生對於校方的認同感也會有所提升。

接下來是報到與繁複的租屋過程，總算進入了宿舍之後，我才鬆了口氣。我所居住的雙人房，空間約莫十五坪左右，包含一套簡單的衛浴設備和廚房設施，陽台俯瞰一個寧靜而優美的社區，當時陽光正普照於宿舍大樓後方的一片綠油油的草坪上，一條運河流經那座草坪的邊緣，有四、五隻天鵝和鴨子在那邊休憩著。這樣的美景，大概就值我月租一半的價格了！當時的房間只有我一個人入住，經過整整一個多禮拜，我才見到我那位遲遲到來的神祕室友，獨享了一段幽靜時光。

異國生活大不同

在荷蘭採買食物，著實是個不小的學問。荷蘭人Vincent利用一個風和日麗的星期六下午帶我上街了解荷蘭的飲食文化。在腳踏車的驅動下，我們的第一站來到社區內的購物中心，規模雖然不大，卻也包含了各式各樣大大小小的店鋪，以及Digros和C1000兩家不同品牌的超市。站在Digros門口，Vincent得意的提到，散佈在荷蘭各地的連鎖超市集團加起來多達二十幾個，即便是像萊登這樣的中小型城鎮，尚且可以找到八、九個不同超市品牌。相較之下，國土面積大上幾乎九倍的鄰近德國，總共也只有九大超市集團，荷蘭超市品牌之齊全由此可見一斑。儘管有如此多的競爭廠商，各家超市卻能透過高低不同的定價策略、差異的食材與商品等級，以及獨特的自有品牌貨物來鎖定並區隔不同社會階層和民族所形成的消費族群。

踏入超市，Vincent並沒有從入口處的商品區介紹起，反而帶我穿過一排接著一排的貨架，直接來到冷藏食品區。「我想與其浪費時間讓你看一些在其他國家的超市也常有的東西，倒不如直接介紹荷蘭的特色產品。」Vincent帶著微笑解釋道。在我眼前是一整個庫房的乳製品，除了容量大小不一的鮮乳和優格之外，各種口味的布丁和奶昔交錯於架上，這些甜品不只小孩喜歡，

Poldermodel!

有三分之一的國土低於海平面的荷蘭，從古至今始終依靠著一套複雜且龐大的堤防和渠道系統以維繫國土的完整和百姓生活的安定。這種必須仰賴眾人齊心協力才能順利運作的社會模式，造就了荷蘭人在凡事上尋求高度共識，每項議題都必須經過徹底討論、不斷的磋商與讓步妥協，過程儘管曠日費時，結果也歷經多方折衝而不盡人意，卻充分顯示出當地人維護團體秩序（向心力）的無比決心，而英國媒體還特別為了形容上述現象創造出「poldermodel」這樣的字彙。

't Kaaswinkeltje
32
En vente ici
le vrai gouda
fait à la ferme
Buy here
the real farmers
Gouda cheese
Kaufen Sie hier
Bauernkäse
aus Gouda
30
28

PARTY CHEESE SET
Komijn/Cumin
Kummel 6.95
Kruiden/Herbs
Herbes 6.95

連大人也愛不釋手，都是半打半打的丟進購物車裡。Vincent此時指著藍色和紅色兩種包裝的紙罐問到：「你知道這兩者之間的差別嗎？」買慣台灣鮮乳的我，不假思索的回答：「一個是全脂，而另一個是低脂鮮乳吧。」Vincent馬上搖搖頭，語帶得意的說：「不是喔。一般來講，藍色包裝是鮮乳（Melk），而紅色則是酸奶（Karnemelk）。留學生們常常第一次在荷蘭買牛奶時都會買錯，只好把買來的酸奶拿去送人，或是用來烹飪。」被Vincent這樣一提醒，我不禁好奇地再度仔細巡視貨架，這才發現罐裝產品不只侷限於鮮乳和酸奶，還有荷蘭獨特的半固態的凝乳（Kwark）、優格軟凍（Vla）和奶粥（Pap）。在如此變化多端的乳製品中，獨獨缺乏台灣超市隨處可見的優酪乳，而Vincent更是沒聽過Drinking yogurt這種東西。

走出庫房，Vincent領我走向另一個冷藏食品區，那裡呈列著荷蘭食材中的另一項菁華：起司（Kaas）。相較於剛剛一整個庫房的規模，起司的產品「只」佔用到一個冷藏櫃的陳列空間，在氣勢上顯得有些遜色。Vincent當下似乎看出我內心的想法，開口說道：「超市只提供荷蘭人最常買的基本起司款，等下到了市集的乳酪專賣攤肯定會讓你大開眼界！」

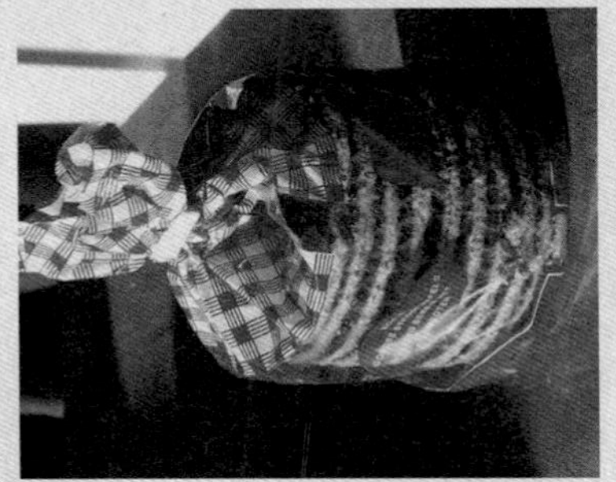

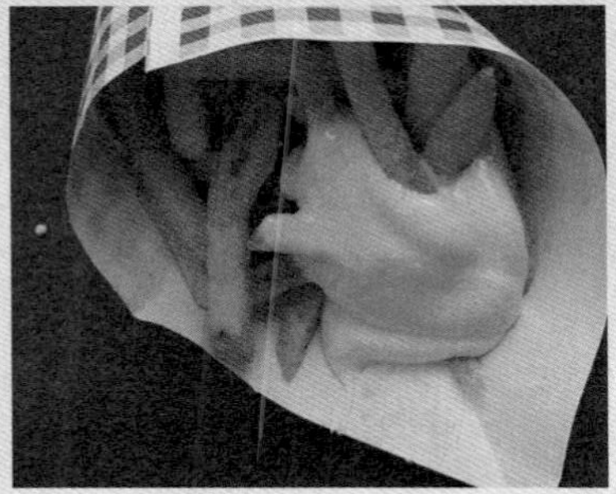

驚喜連連的露天市集

Vincent接著帶我前往萊登鎮中心體驗露天市集的購物樂趣。在荷蘭各個城鎮幾乎都有自己的露天市集，規模大小不一，於每個星期固定舉辦一到兩次。萊登的市集設在星期三和星期六，從早上10:00營業至下午5:00，風雨無阻。每當市集來到，一、三十家攤販沿著街道兩旁平行展開，使原本空蕩無人的街頭巷弄，剎時擠滿了購物的居民和看熱鬧的遊客。穿梭於店鋪之間，琳瑯滿目的商品看得我眼花撩亂，從傳統的蔬果攤販、花鋪、魚販、肉販，到實用的五金器具、生活用品、服飾、卡片文具攤，乃至讓你飽足口福之欲，販售烤雞、熱狗、三明治、薯條的熱食鋪等無所不有，感覺就跟逛園遊會時充滿了意想不到的驚喜一樣。

逛到一半，Vincent突然停在一個小攤販前，並用手指向桌面上一盤堆疊整齊的魚肉對我說：「Leo，我請你吃這個！」聽到有人要請我吃東西，我當然連忙點頭說好，但是仔細一看，才發現那盤魚肉完全是生的！而攤面上除了那盤魚，只剩下一盤洋蔥和一袋餐包，完全見不著任何烹飪器具或加熱設備。「那……那是什麼？」面對我懷疑的眼光，Vincent開懷大笑的回答：「這叫Harring（鯡魚），是荷蘭傳統美食之一。而你猜想得沒錯，這種魚是要生吃的。」儘管身為一位生魚片愛好者，但光是想到要嚥下一整條還帶著尾巴的生魚，仍然令我十分傻眼！（幸好魚頭和魚骨先前已經被處理掉了。）此時賣魚的小販插話了進來：「要是不敢直接吃的話，可以把魚夾在餐包裡，加點洋蔥就能蓋掉腥味。不過我們荷蘭男人都是直接吃，這樣比較有男子氣概。」好吧，看在男子氣概的份上，只好硬著頭皮抓起一尾生魚來嚐。湊近嘴邊時，心裡卻開始掙扎，黏滑的肉質帶有濃烈的腥味，而十足的嚼勁使魚肉難以下嚥。在逼不得已下，只好跟小販要了餐包，才順利將它吃完。當我日後跟一位日本女生聊起這次經驗時，才發現連她也避之唯恐不及，看來荷蘭人的Sashimi可把日本人給嚇壞了！

為了彌補生吞鯡魚的打擊，Vincent保證他接下來讓我嚐的東西會喚回我的食欲。我們來到一座色彩鮮艷的攤販前，紅色的布條印著斗大的字體，上頭寫著「GOUDSE STROOPWAFELS」。黃白相間的桌巾上展示著一排接著一排包裝整齊的餅乾袋，有些甚至裝進陶瓷罐裡，白底罐面上以藍色的顏料繪製出一幅幅生動的荷蘭人文地理景象，格外適合作為紀念品送給別人。

「這些中間夾有一層焦糖的圓形餅乾稱為Stroopwafels（威化餅），是荷蘭很有特色的一樣點心。」根據Vincent的介紹，當地人的「正統」吃法，是把威化餅擺在一杯熱騰騰的咖啡或茶的杯口上，形同杯蓋一般。等到威化餅被飲料的水汽給蒸軟了以後，再配著熱飲一併享用，那入口即化的焦糖搭著鬆軟的餅皮，簡直美味極了！不過既然人已來到攤販前，可以直接品嚐請師傅現做的大型威化餅，那剛出爐的口感就更勝一籌了。

透明作業v.s中庸之道

傍晚時分的荷蘭社區，展現出一幅幅動人的家庭景象。經過一天的勞碌，父母親坐在餐桌前細細地品味著晚飯後的甜點，咖啡壺裡飄來一陣陣濃郁的香氣。客廳的沙發上，祖父母靜靜的看著電視，或是沉靜於小說的故事情節中。做完功課的孩子，則在房間的角落裡開心地玩著玩具。透過一扇敞開的窗戶，上述的景象忠實的呈現在我這位旁觀者的眼中。在荷蘭人的觀念裡，為人「光明磊落」的其中一層意義，是代表其家庭生活經得起眾人的檢視。為了能達到說服旁人的效果，他們索性將廚房和客廳的窗台當成居家生活的展示櫥窗，直到就寢前才會把窗簾闔上，過早垂下的帷幕反而可能被誤解是企圖有所隱瞞。「把一切攤在陽光下」的這種態度，立意雖佳，但光是想到每一晚都得生活得如此「坦蕩」，仍叫我覺得渾身不自在。

荷蘭的住宅房舍，不只透露當地人的家庭生活，更展現了這個民族的「群體性」。荷蘭人很注重其房舍外觀和庭院整潔的維護，尤其是被視為住宅「門面」的前院，往往經過精心的打點佈置，修剪整齊的樹叢和色彩繽紛的花朵，偶而配上裝飾性的風車或其他種類的藝術品。不過此種創意的發揮，乃是以不過度彰顯個人色彩為前提，誇富式的炫耀行為在荷蘭是不被接納的。因此一切能反映個人社經地位和財富成就的奢侈品，像是雙B轎車或是千萬豪宅，都被巧妙的隱藏在低調的富人社區中，其餘大部分地方所見到的，不外乎櫛比鱗次的紅磚矮房和點綴天際的公寓大樓，社區整體外觀顯得和諧一致，而其居民的生活既簡單且樸素。

異國學習大不同。

在政大就讀法學院的我，到了萊登之所以改入藝術學院（Faculty of Arts），這中間的轉折出自一個簡單的願望。為了能在短短半年的交換期限內對荷蘭獲得最徹底的瞭解，我挑選了三門只能在當地修讀的文化藝術課程。「Introduction to Dutch Studies」是由十二位不同老師透過一系列深入淺出的講座，探討荷蘭文化的各種層面，從地理、歷史、宗教、社會，延續到藝術、語言、文學和音樂，牽涉的主題雖廣，能否引發學生的共鳴完全取決於各個演講者的功力，坦白說，當中也曾出現過一上台就抽出講稿，低著頭以呆板的語調朗誦完一節課的講師，有一、兩位更糟的，連自己的「小抄」都還念不順。「Peep Behind the Dikes」則擺脫了前述課程「只停留在教室」的侷限性，輔以不少戶外教學活動，像是腳踏車郊遊、參觀博物館和市鎮廳、荷蘭家庭訪問、城鎮探訪以及荷蘭影片的欣賞和食物的品嚐，使文化傳授被賦予更深層的內涵。

不過最受留學生歡迎的，莫過於一堂提倡繪畫美學的「Dutch Art History」課程。授課老師將不同階段的藝術家的生平、創作風格和圖畫觀賞要點透過一張張的投影片鉅細靡遺地進行解說，彷彿一位有經驗的美術館導覽員，替我們揭開各個畫作的神祕面紗。從中古時代聖經人物繪畫說起，歷經十五、十六世紀國際哥德風格（International Gothic style）的代表人物林堡兄弟（Limbourg brothers）、北部文藝復興大師康賓（Robert Campin）和昆亭·馬賽斯（Quentin Massys），以及法蘭德斯畫派創始人揚·范艾克（Jan Van Eyck）和承繼者老布勒哲爾（Pieter Bruegel the Elder）的影響，使荷蘭的藝術成就在十七、十八世紀達到巔峰。「黃金時期」的巴洛克畫家林布蘭（Rembrandt van Rijn）、維米爾（Jan Vermeer）、哈爾斯（Frans Hals）和史堤

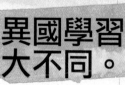

（Jan Steen）創作出許多膾炙人口的經典名畫。當然，進到十九世紀的畫壇，要是少了梵谷（Vincent van Gogh）這位奇才，話題性勢必減低不少。

下課後，我們三五好友時常一同邀約前往在博物館觀賞真跡。在阿姆斯特丹的國立美術館（Rijksmuseum），我親眼目睹林布蘭的《夜景》（The Nightwatch）、維米爾《倒牛奶的女僕》（The Milkmaid）和哈爾斯《花園中的一對夫妻》（Married Couple in a Garden）；隔一條街的梵谷美術館（Van Gogh Museum），收藏有梵谷的《食薯人》（The Potato Eaters）、《梵谷的房間》（The Bedroom）、《向日葵》（Sunflowers）、《杏樹花開》（Almond Blossom）和《麥田群鴉》（Wheatfield with Crows）等名作；隱藏在森林國家公園（De Hoge Veluwe）裡的庫勒慕勒美術館（Kroller Muller）則是另一座梵谷畫作的重鎮，《星空下的咖啡館》（Terrace of a café at night）、《橄欖樹》（Olive Trees）和《亞耳的吊橋》（Bridge at Arles）只是該館三百多幅梵谷收藏品中少數的固定展示。海牙的莫瑞泰斯皇家美術館（Mauritshuis）則以展覽有維米爾的《戴珍珠耳環的少女》〔Girl with a Pearl Earring〕和林布蘭的《杜爾普醫生的解剖課》（The Anatomy Lecture of Dr. Nlcolaes Tulp）為傲。過往這些只在美術課本中出現的曠世鉅作，如今卻近距離地呈現在我們的眼前，心裡的悸動難以言喻。在荷蘭，我快樂的當畫家的追星族，而博物館的巡禮，成了我們固定的休閒活動。

Travel plan

帶著背包旅行去

萊登城慶

十月三號上午，我騎著腳踏車前往市中心的萊登車站廣場和另外兩位來自台灣的交換學生Lily和Grace碰面。錯過十點鐘在聖彼得教堂（St.Pieterskerk）舉辦的特別儀式的我們，索性從車站前的街道開始逛起，迎接我們的是綿延數里的攤販和從四面八方湧入萊登城的觀光旅客。五顏六色的商品整齊地陳列在各個攤位上，對「點心」不太有抵抗力的我，沿途徬徨著該從哪一道食物開始下手，過多的選擇總是讓人躊躇不定，後來乾脆看哪個食物攤販比較多人（或是香氣特別濃烈）就上前去湊個熱鬧。結果中午不到，炸魚塊（Kipling）、越式春捲（Loempia）、可樂餅（Kroket）、淋上美乃滋的薯條（Patat）、灑上糖粉的炸麵條和熱狗堡皆已陸續下肚，Lily和Grace卻對這些非煎即炸的高熱量食物保持一定的克制力，只願意稍稍淺嚐味道即可。兩位女生把大部分的精神，集中在飾品和服裝的瀏覽上。從我們兩旁經過的小男孩和小女孩手裡握著氣球和棒棒糖，興奮的青少年們則向他們的朋友展示著剛從遊戲攤位上贏來的獎項。大學生則三兩成群的排在隊伍中等待著藉由雲霄飛車、自由落體、高速翻轉的遊樂設施來釋放平日所積蓄的壓力。在成排的拉霸機和賭博機台前，一些中

年男子正挑戰著自己的手氣，跟他們的激情形成強烈對比的，則是漫步在街道上，甜蜜地牽著手的情侶們，這些男男女女所散發的幸福氛圍，使整個嘉年華會的歡騰相形失色。

下午的重頭戲聚焦在官方籌辦的遊行，由萊登各界的團體自由報名參加。荷蘭人不疾不徐的做事步調，讓我體驗到另一種形式的活動樂趣。遊行中的樂隊、儀隊，以及裝扮成各種歷史人物的演員，路上遇見圍觀的熟人不免停下來握手寒暄，甚至當場一同喝起啤酒來。組織雖然顯得有些鬆散，卻使遊行多了幾分人情味，並少了「公事公辦」所帶來的緊張壓力。重點不在力求完美，而是在過程中盡情的享受自己，製造歡樂。

當晚的萊登，可謂五光四射。燈火通明的攤販和散發耀眼七彩光芒的遊樂設施，讓豎立在一旁的路燈顯得暗淡失色。似曾相似的「夜市」景象，喚起種種對於台北的回憶，少了家鄉的小吃和竭力嘶吼的小販，萊登熱鬧的街頭卻無法引發我心裡的共鳴，儘管參與其中，我感覺依舊是這場慶典的旁觀者，彷彿觀賞一場舞台劇，引領我走向那無可避免的尾聲。

單車的藝術

看荷蘭人騎腳踏車，著實是一場每分種上演的精彩戲碼。窄裙高跟鞋的都會女郎和西裝筆挺的上班族，以悠閒的姿態騎著單車，一點也不顯得做作或不自在。身著長裙的女騎士，則毫不擔心搖曳的裙襬可能醞釀的悲劇。對於需要攜子外出的家庭主婦，腳踏車的便利性也不是隨便一個幼兒座椅就能交代了事的。改裝過的特殊單車，龍頭前方多了一個能夠讓小孩平躺的「搖籃」，上頭還能附加篷狀遮雨罩。如果覺得直接在腳踏車上動工過於麻煩，在後頭連結一個小型的黃包車廂亦是可行。在裡面享福的，除了開心的小朋友，還有令旁觀

者摸不著頭緒的小狗小貓。

在荷蘭，見到女生騎車載著男生的頻率，和男生載女生一樣多。對於當地人而言，腳踏車就如同摩托車和汽車一般，都是私人交通工具，因此所有權歸誰，就應由那個人負責駕駛或出力，不論他是男是女。唯一的例外，是乘客的體重實在超過主人的負荷，這時才會「主客易位」。換句話說，由誰騎車並不取決於男女的社會定位，讓女生出力亦不代表被載的男生就缺少紳士風度。可惜荷蘭人的這種想法，似乎不怎麼受亞洲女生的青睞，要搭她們的便車，男生還是得好好鍛鍊自己的體能。

有兩人的甜蜜，就有三人的負擔。一台腳踏車上出現三人共乘的場景亦是屢見不鮮，要嘛一家的男主人前載孩子後載妻子，不然就是兩個小孩前擁後抱騎車的家長。如此擁擠的畫面看在旁人眼裡都覺得辛苦，但實際坐在腳踏車上的，卻個個笑容可掬。對部分的人來說，用單車載客還不失為一項良好的外快來源。在首都阿姆斯特丹，流線型的腳踏計程車來回穿梭於繁忙的街頭，頓時成為不少觀光客的新鮮體驗。又有誰會料到，中國傳統的三輪車，經過重新包裝，會在地球另一端的歐洲大陸找著事業第二春呢？

除了載人的方式不同，載東西的技巧也各異其趣。相較於國人習慣在腳踏車龍頭前加裝菜籃，這種配件到了荷蘭幾乎不見蹤影，當地人選擇在後頭的單車架上放置橫跨車輪兩側的側包，不但使置物空間多了一倍，其輕易拆卸的特性，也減少民眾對於提袋的需求。在造型愈變愈多樣的趨勢下，搞不好哪一天精品品牌像是Prada、Burberry或Gucci，也會瞄準腳踏車的側包市場，那時該配件的價碼，甚至可能會超越單車本身，並進一步引起貴婦們的搶購潮。

CUSTOMS DECLARATION

荷蘭生活點滴

荷蘭究竟有何獨特的魅力？
在交換學生的生活中，
我從不同的面向體驗荷蘭這個國家，
也在這過程當中，
讓我找著更多的自己。

原本以為這次的出國，是要利用自己的雙眼觀察這個世界，到了國外生活才曉得，真正的學習，是以世界的眼光來省視自己，從外國人的角度來挑戰個人的認知。歷經身分的轉換，讓我明白做為當地人眼中「少數群體」的無奈和勢單力薄，每天被強迫面對翻攪於內心的「不歸屬感」所帶來的惶恐不安。不過也正是這份勢單力薄，使我學習以謙卑的態度看待自己，重新扎根，從最基本開始學起。而在一個全然陌生的環境，內在的好奇心難免蠢蠢欲動，過往不曾引起我注意的生活事物都叫我駐足停留，四處張望的目光貪婪地吸收著眼前所見到的每個景象，對於再小的細節也不願放過，設法從中尋出蛛絲馬跡，以拼湊出我認知中的荷蘭印象。

荷蘭人如何通勤？午餐和晚餐如何料理？當地學生的上課方式和休閒娛樂與我們這群亞洲學生有何區別？居家環境和作息型態又是如何？這一連串的疑問驅使著我走入外國學生的圈子和當地居民的生活中，拋開自己習慣的行為模式，敞開心胸勇於嘗試，從最起初外在形態的模仿，逐漸內化為邏輯思維的學習。每一次的碰撞，都教我從不同的面向體驗荷蘭這個國家，卻也在這過程當中，讓我找著更多的自己。

走出群體，自我面對時，又是另一個層次的衝擊。獨自站在房間的陽台上，凝望西下的殘餘光輝染紅浩瀚無際的天空雲霞；或是單車一騎，龍頭一拐，把自己帶向一個全新未曾探索的領域，順著腳踏車道在陌生的路途中蜿蜒。在鄉間小徑的遊蕩，使我體驗林木之寧靜和花草之芬芳；而在空蕩無人的沙灘上，側耳傾聽浪花和海水的交融，藍天白雲中展翅翱翔的海鷗與停滯在海平面上的風帆……這種種的景象讓我明瞭，原來人生是可以如此的簡單而充實，而內心的平靜來自開闊的眼界和坦然的心胸。

後來我才發現，真正的學習，是以世界的眼光來省視自己，從外國人的角度來挑戰個人的認知。

年輕人探索世界的渴望，在擔任交換學生的期間內格外容易獲得滿足。同學間課堂後的隨意閒聊，往往即演變成幾天後具體的行程規劃與一段共同的冒險經歷。旅途中共覽名勝的喜悅，以及掏心掏肺的情感分擔，使每一次的關懷、體諒和磨合，都蘊含著友誼的催化劑，短短幾天的朝夕相處，已超越一整個學期的課堂互動。

如果說與別人出遊是為了體驗交流的樂趣，那麼自己出遊，乃是為了喚回內心的初衷。有時必須把自己放逐到一個陌生的地點，才能重新認識過去所熟悉的環境。一個人的旅行，是要按照自己的腳步走訪世界；一個人的用餐，是要仔細感受餐館的氛圍；一個人獨自入眠，才能沉浸於無聲的心靈對話，享受一份寧靜的孤單。

一人也好，多人也罷，每一趟的旅途，總會有一段令人難忘的邂逅。這一個個數不清的陌生靈魂，在我們人生交會的那一剎那，所散發的熱情和所表達的簡單心意，讓我對於一座城市有全然不同的印象，長存心底的不單是美景，還包括那份歷久彌新的人情！

我從荷蘭沒有帶回一紙文憑，而這段學習經歷也未在成績單上留下蹤影。不過，驅使人成長的歷練以及價值觀的轉變，既看不見也摸不著。師長在出國前曾叮嚀我們這群交換學生，入寶山不要空手而回。我只知道，從荷蘭回國時，我雙手是空的，但心靈卻是無比的充實……

歐洲

奧地利

歐陸風情音樂之都

Austria

張瑜軒

政大企管系→維也納經濟大學

維也納身為奧地利的首都，該有的政治和生活機能一樣都不少，但是沒有太多的高樓大廈，保存良好的舊式建築和充滿綠意的整潔市容使得它比一般印象中的大都市多了幾分美感。

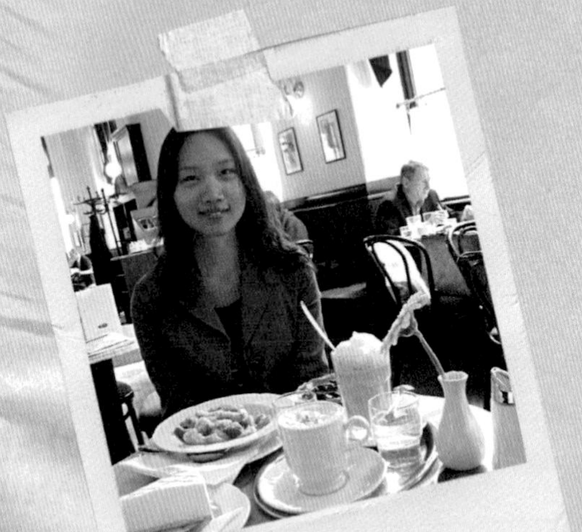

異國生活初體驗

維也納機場非常小巧，好處是初次來到的人不會有很陌生的恐懼感，能夠快速找到通往市區的火車。一時之間看到的都是德文看板，耳邊聽到的是不熟悉的奧地利腔調，雖然有點擔心自己會迷路，但是卻又有小小的成就感，原來從前學的德文還有點印象，我竟然看得懂火車月台的方向，而且聽得懂身旁的人跟我說借過！雖然只懂得一些關鍵字但還是讓我安心不少，原先一點點的緊張心情馬上轉為興奮，一心只想趕緊看看未來半年的新家。

維也納身為奧地利的首都，該有的政治和生活機能一樣都不少，但是沒有太多的高樓大廈，保存良好的舊式建築和充滿綠意的整潔市容，使得它比一般印象中的大都市多了幾分美感，尤其是我選擇的宿舍位於維也納郊區，雖然離市中心要搭上三十到四十分鐘的地鐵，但是整個區域非常安全恬靜，宿舍就像是一個大公園一樣種滿植物，夏季時草坪上還會擺放潔白的桌椅，大家都可以帶著書來做日光浴，就像度假一般享受。而走路就可以抵達好幾家超市和ＤＩＹ用品店，附近甚至有大型的購物中心，生活相當的方便，如果說我的新家是城市裡的世外桃源也不為過，在其他大城市恐怕很難找到這樣便捷卻又優美的生活環境吧！

第一天的地鐵初體驗就讓我印象深刻，原來維也納的地鐵出入口沒有閘門，不像台北捷運用感應的方式，當地居民大多購買年票或是月票，其他乘客則是購票後自行在一旁的機器上打印便可進站，完全沒有工作人員監督。第一次看到打票機不知該如何使用的我，花了一點時間站在機器旁研究，正當我覺得擋住別人的路不好意思時，一位好心人發現我是外地人而停下腳步親切地教我如何使用機器，而且幫忙分析依照我的需求該買什麼樣的票比較划算，還再三確認我知道該怎麼轉乘到目的地後才離開，原先還以為德語系國家的人比較拘謹、難相處，沒想到我在第一天就感受到維也納的人情味。

上了地鐵後，坐在對面的太太親切的對我笑了笑，並好奇的問我怎麼會在旅遊淡季獨自一人在維也納，知道情況後，她很熱心的告訴我學校週邊的概況，並且拿出紙筆寫下她推薦一定要去參觀的地方，和不容錯過的當地美食。雖然同車的時間相當短暫，但是她告訴我的實用資訊，卻讓我在日後受益無窮，更讓我無法忘懷的是當她在向我介紹時那種神采奕奕、充滿熱情的眼神，對於維也納的認同感，讓她能夠驕傲地向外地人介紹自己的家鄉，下車前一句「I'm sure you will enjoy your stay in Vienna.」讓我深切感受到她以身為這裡的居民為榮，而這位直率可愛的維也納太太，也讓我感受到這個城市的魅力。

讓我深刻感受到culture shock的場合就是餐廳。在台灣，只要有外場服務生的餐館幾乎客人一進門就會有人來招呼、帶位，但是在維也納可不一定是如此，很多時候是客人自己先進去找位子，坐定位後就會有服務生帶上菜單。第一次上餐廳吃飯時還不知道他們的習慣，我和朋友呆呆的站在大門口等候帶位，因為是一間熱門餐廳所以服務生忙進忙出不斷從我們旁邊擦身而

過，門口也一直有客人進出，我們實在等得不耐煩，一面心裡嘀咕怎麼沒有人過來招呼，決定先找位子再說，沒想到一坐好馬上就有服務生過來幫忙點餐，這才恍然大悟，原來他們一直都有在注意客人的需求，只是我們要先自行入座，原來剛才不識相的是我自己，一直呆站在門口擋路，恐怕服務生還以為我們在考慮要不要進去用餐呢！

餐廳裡另一個和台灣很不一樣的地方就是「水」。在台灣通常客人一就坐服務生就會端上水杯，如果不想點飲料的話至少有免費的水可以喝；然而在奧地利服務生並不會主動送水，如果想喝水的的話必須用點的，而且價格不便宜，甚至會比很多飲料貴，至少超過台幣一百元。其實真的想喝免費的水也不是沒有辦法，點餐時如果單純的點水（Wasser），就是要付費的礦泉水，如果點的是自來水（Leitungswasser）就是免費的水，因為服務生只是拿杯子從水龍頭接一杯水送來，不過奧地利的水都可以生飲沒有異味，根據我的德文老師表示，這是高山雪水，水質甚至比瓶裝水還要好！去過其他歐洲國家以後，我也發現很多地方的生飲水可能有很多的石灰質或是帶有些微的異味，相較之下維也納的水有點自然的甘甜，真的很好喝！不過當地人通常都會點飲料，幾乎不會只要一杯免費的水，所以我也不太好意思每次都只點Leitungswasser，而會嘗試一些餐廳自釀的啤酒，或是當地特產的葡萄酒。維也納大概是世界上少數有自己栽種葡萄、有許多釀酒小莊園的首都，所以有一些特別的酒值得嘗試，連我這個平常不太喝酒的人都覺得相當不錯！

異國生活大不同

身為咖啡愛好者的我，在抵達維也納的第一天便迫不及待的想品嘗這值得紀念的、在歐洲的第一杯咖啡，於是我選擇前往維也納最熱鬧的地方－以Stephansplatz為中心的 Ring。由地鐵網路就可以看出在市中心的部分連結出一個圓圈，這個區域從前就是皇室以及貴族、富有人家主要活動的範圍，雖然至今城市發展早已擴大，但是市政廳、皇宮、歌劇院等等重要的建築皆在此，相對的人群以及許許多多的咖啡館也分佈在附近。很自然的，我選擇一出地鐵站就看見也是再也熟悉不過的Starbucks，畢竟初次來到語言不太通的德語系國家，看到熟悉的logo雖是美國企業，但卻有一種「他鄉遇故知」的感覺，然而日後卻發現，在市中心像我這樣一個咖啡愛好者可以獲得極大滿足的寶地，卻只有一家Starbucks，著實讓我嚇了一跳，畢竟在台北的街頭似乎每走幾步就能看到Starbucks的綠色招牌或是其他咖啡連鎖店，然而這裡唯一的Starbucks相較於其他國家，無論何時前往總是一位難求的人氣咖啡館，可說是門可羅雀，顧客年齡層也明顯地年輕許多。倒不是Starbucks不夠好，應該說，維也納的咖啡館有另一種誘人的魅力。

原來，這裡沒有「氾濫」的Starbucks，更沒有35元的壹咖啡。這裡有的，是維也納人引以為傲的傳統咖啡館。公園旁、大街上、舊城區，即使是市中心精品店櫛比鱗次的大道上，也不難在Swalovsky、Chanel等精品店之間發現咖啡館。或許小小的，暗色調的門面不甚起眼，然而推開門後卻帶給我一次又一次的驚喜。沒有連鎖店的標準佈置法則，在這裡找不到任何一家咖啡館和別人用相同的桌椅。沒有中央廚房研發的標準食譜，在這裡聞不到「統一」的香味。每一間咖啡館都有自己的個性，需要花時間去品味，去探索，去感受。已經不再是純粹的消費者與商家的交易，反而比較像是交朋友。從裝潢佈置到燈光的色調，甚至是menu的設計都各有不同的感覺，一但找到真正喜歡的咖啡館，那種歸屬感油然而生，就彷彿找到了契合的知己般幸福。

維也納有許多歷史悠久的咖啡館，有些是百年老店，有些曾是歌劇名伶、文人雅士經常光顧的地方，也有受到奧地利皇室青睞而聲名大噪的名店，不論是閒暇時和三五好友共享下午茶，或是獨自一人的探險，每一次愜意的初體驗，總讓我在離開時告訴自己一定要再度光臨，但又迫不及待想到下一個咖啡館看看是否有新的驚喜，這樣的難題雖令我難以下決定，但也算是個愉悅的矛盾吧！

如果要比較台灣和維也納咖啡店不同的地方，除了外觀和內部裝潢等視覺的風格感受不一樣以外，第一個讓我感到明顯不同的是「音樂」。台灣的咖啡廳幾乎都會播放音樂，不外乎是Jazz、House、Basanova……等等，然而在維也納的咖啡館是聽不到CD音樂的，而是充滿大家暢談的歡樂言語，也有許多咖啡館在固定的時段會請來音樂家現場演奏，有時是鋼琴，有時加入小提琴合奏，坐在暗紅色布織沙發上，手拿咖啡斜靠在鑲著金邊的扶手聆聽

古典音樂，想像自己換上華麗的宮廷服裝，彷彿奧匈帝國的盛況再現。另一個特殊的地方是「Konditorei」。Konditorei是糖果糕點製造店的意思，因為維也納咖啡館內出售的都是他們廚房自製的糕點，而非由中央廚房統一製造後再送出來販賣，所以每一種蛋糕都是獨家口感，而且保證新鮮，走進位於皇宮旁的 Café Demel甚至可以透過玻璃看到廚房內糕點製作的一舉一動呢！然而再富有盛名的店中仍有果蠅在蛋糕櫃裡的足跡，而且大家也都不以為意，經過詢問之後才了解，原來在他們的觀念中，就是因為食材是新鮮的水果和鮮奶油，所以不免吸引果蠅過來，如果哪一家的水果鮮奶油蛋糕櫃中沒有果蠅，那……可能蛋糕就不新鮮囉！

在台灣的咖啡店裡，經常見到人們帶著筆記型電腦在鍵盤上敲敲打打，或是學生們埋頭苦讀準備考試，然而這些我們再熟悉不過的景象在維也納卻看不到，來到維也納咖啡館的人，無非是想好好的享受道地的香醇咖啡，一邊看著店內準備的數十種報紙，或是和三五好友聚會聊天，當然，也有不少捧著旅遊書籍而來朝聖的觀光客。向來我都認為咖啡店是看書的地方、是姐妹們聚會的地方，大部分的客群是學生或是年輕的上班族，然而在維也納，絕大多數的顧客幾乎都是成年人或是年長者，顛覆了我以前的既定印象。大家穿著體面的衣服來到咖啡館，像是歌劇院旁鼎鼎大名的Café Sacher，在晚上十點過後，就會陸陸續續湧入觀賞完歌劇的人潮，在藝術的饗宴後來杯咖啡分享心得；有時候則會看到男人的聚會，不像我刻板印象中男人們總是在bar裡看著足球轉播狂飲啤酒，這樣「另類」的咖啡店約會倒也讓我不禁豎起耳朵，吃力地聽著奧地利腔德文的men's talk。

在台灣，我習慣一早就到咖啡店佔一個喜歡的角落，將自己慵懶地以最

舒適的角度陷進沙發，靜靜看著推理小說，聽著自己不曾買過卻又和咖啡是perfect match的慵懶音樂，雖然什麼都不懂，對於咖啡的知識也可說是零，但是我喜歡在這裡享受屬於自己的時間，以緩緩的步調度過一天的時光。在維也納，我總在下午來到咖啡館，點一杯咖啡和一份蛋糕坐在人群中，這一回不帶書，而是帶著一份期待的心情，好好地欣賞精心的佈置和現場演奏的音樂，在流洩的樂聲中，或是觀察演奏家的動作表情，或是感受著週遭人們的快樂與活力，即使只是看著櫥窗裡蛋糕的擺設，都是一種享受。在維也納的咖啡館裡，我學會用不一樣的方式感受生活，藉著一杯咖啡，感受充滿濃郁音符的維也納式幸福。

來自市長的邀請

觀光是維也納相當重要的經濟來源之一，然而這個城市不只是觀光客多，交換學生的數量也相當可觀，光是維也納經濟大學，就有約莫四百五十位交換學生，再加上其他學校，到維也納交換的學生數量的確不少。開學後不久我收到學校的email，通知大家維也納的市長邀請各地的交換學生到市政廳參加晚會（reception）！以前我只有從外面看過市政廳，古典的建築加上晚上亮起的燈光，看起來就像城堡一樣，現在有了這麼難得的機會以「貴賓」身分到裡面參加晚會，一定要去取領取限量的邀請函，說什麼也要去見識一下囉！

當天一到會場就見到平常總是一身休閒打扮的同學們都換上正式服裝，甚至是小禮服，可見大家對今晚都非常期待！偌大的會場裡，手持高腳酒杯身穿華服的年輕男女們輕聲交談，挑高的屋頂裝飾著一座座華麗的水晶吊

燈，一切就和電影裡的社交舞會一樣，讓從小就嚮往能參加prom的我翩然的享受這如夢似幻的感覺，即使怨嘆自己準備的衣服不夠美，光是欣賞身邊的俊男美女，就讓我開心得不得了。

舞台上的live band演奏讓大家可以一邊享受音樂一邊聊天，雖然當天見到的大部分都是不認識的人，畢竟光是經濟大學的交換學生就不少，而且大家都住在不同的宿舍，加上還有去其他大學交換的學生，但是在簡單的自我介紹後大家就相談甚歡，開始交換在維也納的心得、到其他國家旅行的點滴，或是介紹自己的國家。當大家用餐用得差不多以後，突然演奏的音樂類型變為輕快的舞曲，會場的氣氛也跟著high了起來，這個時候能不能跟上節拍已經不重要，能不能開心的跳舞才是重點，有不少來自西班牙的學生，一大群人聚在一塊喝酒跳舞，歡樂的氣氛讓人看了不禁腦中浮現灑滿陽光的大地上大家飲酒作樂的景象，彷彿用不盡的體力帶動著全場，就在晚會即將進入尾聲的時候，他們還向樂團點歌吆喝大家一起加入他們的行列，直到live band已經退場、會場準備關閉時，大家才依依不捨的離開。有幸受邀到美侖美奐的市政廳裡參加晚會，對我而言就像是「皇家體驗」一般，而這場聯合國派對，更是我在維也納最難忘的回憶之一。

異國學習大不同。

維也納經濟大學的課程大致上可分為兩種制度：一種就和台灣一樣，一門課每週都有固定的上課時間和時數，從學期開始持續到學期末；而另一種則是block class，和平常lecture的課程不同，主要是以seminar的形式，而且由老師自行訂定上課的時數和天數，通常會比較密集，並且在六次以內結束，所以也有可能一門課連續四天，從早上九點上到晚上六點，隔了一個周末以後參加考試就結束了！這種block class的好處是會有很多課餘時間可以自由安排，不論是想一個人悠閒的享受異國生活，或是和朋友一起聚會，只要事先規劃好，甚至也可以安排一次出國旅遊。

令我印象最深刻的一門課是Strategic Management，這門課的授課老師不是專職的大學教授，而是Bank of Austria 的董事之一，同時也身兼數職在很多財金相關領域工作，打從他一進教室，大家的目光就聚集在他身上，他舉手投足之間都散發出領袖的魅力，而幽默的言語和不時擺出隨性慵懶的站姿，也打破我原本對於德語系國家所認知的嚴肅、一板一眼的刻板印象。在第二次的課堂上，老師讓我們自行分組並且分配不同報告的主題後，便宣佈這門課的重頭戲——Strategic Weekend的行程和預告短片，看著上一屆同學們歡樂的照片和影片，大家紛紛興奮地交頭接耳討論了起來，就這樣，老師利用短短兩次的上課時間當作Orientation，讓大家彼此熟悉，並且對於即將來臨的Strategic Weekend有共同的期待，下次碰面就是火車站前集合囉！

大家共度Strategic Weekend的地方是一家位於維也納西南方一百多公里的小鎮旅館Raxkönig，這是總人口不到一百人的小鎮Naßwald中唯一的旅館兼餐廳、酒吧，所以也成為鎮上的人平時休閒聚會的場所。這個地方從十九世紀就以旅館經營，而現在所見到的建築是在二〇〇三年依據以前的樣子擴大重建的。我們包下這間木造的旅館，走路的時候甚至地板還會嘎嘎作響，牆上裝飾著鹿角等主人出獵的戰利品、房間內的地板上也有動物毛皮，和平常住慣的現代化旅館很不一樣，然而這樣原始又粗獷的裝潢下，卻有潔白舒適的床，讓我一進來就深深的喜歡上這間富有特色的小旅店！

Strategic Weekend當然不是只讓大家來度假，更重要的是第二天從早餐過後持續進行到晚餐的課程，每一小組要針對之前分配的題目，做一個小時的報告，雖然事前小組成員們已經碰面開會許多次、也有無數的email往返討論，報告的內容架構以及投影片都已經完成，但是畢竟大家的母語都不是英文，也從來沒有用英文做過這麼長時間的簡報，所以我們在飯後便回到房間，準備排練隔天的報告。九點多的時候便聽到從樓下傳來陣陣的嬉鬧聲，雖然很想下樓參與，但是為了隔天的報告還是乖乖的繼續準備工作，過了不久後突然傳來急促的敲門聲，原來是隔壁房的同學催促大家一起下樓參加party，當我們還在考慮的時候，沒想到老師出現了，用他最大的嗓門宣布全體同學必須參加狂歡party，否則會被當！雖然知道老師是開玩笑的，但我們也就恭敬不如從命囉，其他的……明天再說！

包下小旅館的party和平常在酒吧的感覺很不一樣，旅館老闆放下手邊的工作加入大家，彷彿是一群認識已久的老朋友。突然群衆中傳來一陣鼓譟聲，原來是大家拱老師出來跳舞，沒想到老師很爽快的西裝外套一脫，便站上長桌熱舞！這時候party的氣氛達到最高潮，大家驚訝又興奮的吹口哨、鼓掌，也有一些同學馬上把桌子併成一個舞池，讓大家都上去和老師同樂，來自西方的同學似乎天生具有舞蹈細胞，而從來沒有跳過舞的我，只敢呆呆的站著，但是熱情的同學們帶著我教我怎麼聽旋律擺動身體，雖然一開始真的非常害羞，但是實在盛情難卻，所以最後我也豁出去獻出舞蹈處女秀，沒想到還獲得大家的歡呼！

終於，嚴肅的簡報時刻到了，早上起床時看到很多人睡眼惺忪的穿著前一天沒換洗的衣服，甚至有不少人還在宿醉，然而課程一開始，大家都專心的聽著台上的簡報，不時的給予點頭回應或是回答講者的提問，也很熱烈的在Q＆A時間提出問題討論；之前嚷嚷著頭痛宿醉的同學在上台後也很鎮定的完成具水準的簡報，表現絲毫沒有受到影響，讓我見識到真正的play hard，study hard。

Travel plan

帶著背包旅行去

從小我就很嚮往旅遊頻道裡的主持人可以雲遊四海，不只是隔著螢幕或是透過書本，而能夠親自深入世界的每一個角落感受民俗風情，加上近年來自助旅行的風氣日盛，終於在大二的寒假，我有機會到英國自助旅行，雖然只是將近一個月的行程，卻讓我深深愛上一個人在異國隨興之所至的漫遊。而這次能夠到歐洲交換一個學期，更是讓我興奮不已，尤其是位於歐洲中心的奧地利與許多國家比鄰，不論是到什麼國家都很方便，只要事先規劃好，長途巴士、火車、廉價飛機都是非常方便的交通工具，簡直就是自助旅行者的天堂！

在學校的課表都排定後，就能確定自己什麼時候有空可以安排旅遊，真的多虧了歐洲特殊的block class體制，讓我能夠在課與課之間至少有一至兩個星期的空檔「出國旅行」，因為每個人有空的時間不太一樣，加上我一直很仰慕背包客勇闖天涯的精神，所以這一趟在歐洲的旅行，我全程都是單獨行動並且獨力策劃。自助旅行對很多人來說最麻煩的就是查詢景點、交通路線、安排住宿等事前準備的工作，尤其歐洲雖然四通八達，但是語言卻是一大問題，並不是每個地方英文都可以通行無阻，所以事先做好功課再出門是絕對必要的，這個部分的確繁雜，但卻是我覺得很有意思而且完成後最有成就感的部分。

火車網路發達的歐洲，只要靠著它就能遊遍各國，但是票價卻高得驚人，有很多人會選擇事先購買Europass等火車通行證，的確是相當方便，但是要事先選定使用國家以及天數，偏偏我在離開台灣前一直拿不定主意要去哪裡，而在歐洲當地購買會比從台灣買貴很多，所以換算後並不划算，便放棄了這項方案。幸好奧地利國鐵就有提供優惠車票「SparSchiene」，是由奧地利前往鄰近國家許多旅遊城市的直達夜車，原價超過一百歐元的車票只要二十九歐元起跳，也可以花多一點錢購買臥鋪的位置，雖然要在火車上過夜，但是在

台灣沒有機會嘗試，所以對我而言是非常新鮮有趣的體驗，尤其從維也納出發的班次選擇最多，我曾經利用這項優惠方案去過的地方就包括德國的漢堡、柏林、慕尼黑，義大利的威尼斯、羅馬，瑞士的蘇黎世，捷克的布拉格，到了當地後再搭乘境內火車，前往其他城市就非常方便了。夜車的好處是上車以後翻翻收集的資料、懷著滿心期待，就可以準備就寢，隔天一大早就會有服務人員送來早餐，一邊吃著早餐一邊看著窗外漸漸亮起的景致，不知不覺就抵達了目的地，下車後馬上就可以開始旅遊的行程，完全不浪費一點時間！

不只是奧地利，歐洲各國都會有自己的優惠方案，尤其是德國國鐵，不論依照人數、車種、旅遊目的地都有相當多的選擇，只要多花一點時間研究，一定能夠找到滿意的便宜車票，還有廉價機票budget flight 也是相當不錯的選擇，唯一要特別注意的是這類車票都有限量，先搶先贏而且無法退票，所以事先排定計畫後就要及早訂購。交通費是旅遊中相當大筆，卻又無法避免的開支，不過只要事先做好規劃，每一趟原價動輒數百歐元的車票，我都以幾十歐元的優惠價買到，真的省下一大筆錢，又充滿成就感呢！

出外旅遊除了欣賞風景以外，最讓我樂在其中的一部分，就是住在各地青年旅館（hostel）的時光，雖然一開始選擇青年旅館的原因只是為了省錢，但這是認識世界最快的方法之一，這一棟建築就彷彿地球村般聚集了每個角落的人，體驗到的箇中樂趣，可是在大飯店裡感受不到的。青年旅館大多數的工作人員都是年輕人，有些是當地人因為對於自己的家鄉充滿認同感而想要推廣，讓旅行者都能好好體驗它的美，有些則是背包客因為愛上這個城市而留了下來，一邊打工籌措旅費一邊享受這裡的生活。我遇到的工作人員總是充滿活力又親切，常常在閒聊的過程中可以了解一個城市的歷史文化，或是獲得私房景點、當地人才知道的美食餐廳資訊，規劃旅程時就能夠更加的深入在地人生活，而不只是在旅遊書上的觀光景點和旅行團的人擠人。

有時候我戲稱認識青年旅館裡的背包客就像「一夜情」，大家來自四面八方，或許一生中就只有唯一這麼一晚待在這個地方同樂，大家在房間裡、交誼廳攀談，因為同樣喜愛旅行、有共同喜歡的城市，很容易可以聊開來，聊得愉快的或許就一起出遊、喝杯小酒，但是僅此一晚，隔天便各自踏上旅程。還記得適逢瑞士旅遊淡季，獨自住在八人房的第五個晚上，我終於有了室友，她是一位來自加拿大的開朗女孩，雖然一句德文也不會、從未去過德國，只是因為突如其來對德國產生的憧憬便申請工作簽證，帶著一個典型背包客的大背包，前往德國尋找工作機會，然而一絲不苟的德國文化讓她感到非常不適應，只待了兩天後便決定返回加拿大，在回國前順便四處散心。這是她進房門後告訴我的第一個故事。聽起來這麼瘋狂又不可思議的勇氣，讓我對她的旅程很感興趣，而我則是她成為背包客以來遇到的第一個亞洲女生，東方對她來說是陌生卻又充滿神祕感的地方，所以我們很自然的聊開來，相談甚歡之下便相約第二天一起到少女峰健行，我們一起搭乘人生第一次的高山纜車、分享第一次踏進瑞士這個世界花園的興奮心情、氣喘吁吁地爬上山後，一起租了滑板車在繫著鈴鐺的牛群陪伴下一路溜下山，雖然只認識一天，但是我們卻像彼此信任的朋友，聊著寵物、家庭、愛情觀，因為有她的陪伴讓我度過在瑞士玩得最瘋狂也最開心的一天。然而隔天清晨，我沒有機會向熟睡中的加拿大女孩道別，甚至也還不知道她的名字就得搭上火車返回維也納。事後回想會覺得有點可惜，一個這麼投緣的朋友就這樣失去了繼續連絡的機會，恐怕這一輩子再也不會碰面了吧！但也因為這樣，每當我回憶在瑞士的旅程，就會想起這段特別又美好的回憶。

CUSTOMS DECLARATION

CN 22

咖啡好客

這裡沒有「氾濫」的Starbucks。
這裡有的，是維也納人引以
為傲的傳統咖啡館。
藉著一杯咖啡，
感受充滿濃郁音符
的維也納式幸福。

雖然近幾年來出國遊學、修習課程的風氣很盛，也持續收到學校甄選交換學生的公告，但是一直以來，我都沒有出國念書的打算，總覺得出國旅遊是享受，出國念書卻是受苦，即使父母一直鼓勵我可以嘗試申請國外研究所，想想後也因為懶得準備而作罷。然而，許多朋友懷抱著出國念書的夢想，所以大三當我還在悠哉度日的時候，身邊的朋友不是很有規劃的準備留學考試、蒐集學校資料，就是打定主意要申請交換學生；升上大四以後，許多朋友都如願以償出國交換，因此閱讀大家記載異國多采多姿生活的網誌，便成為我每天打開電腦後必做的第一件事，看著大家不斷新增的一本本相簿，和許多在台灣從沒想過會經歷的事情，不由得讓我羨慕萬分，原來出國念書可以這麼有趣！接近畢業的日子，申請國外研究所的朋友們接連收到學校的錄取通知，替大家開心之餘，我卻突然覺得未來一片茫然，不知畢業後該何去何從；收到一張張出國交換的同學們從各地寄來的明信片，雖然只是隻字片語，卻能感受到洋溢著的快樂和滿足，然而回顧自己即將結束的大學生涯，卻似乎沒有什麼特別開心、值得留念的事情，於是我開始思考還有什麼機會能夠讓我在大學的最後一段時間創造值得一輩子珍惜的回憶。於是，在短短的時間內，我做下目前為止人生最重大的決定，還來不及和父母討論，便報名了過去認為一輩子都不需要的托福考試，趕上大學生涯最後一次申請交換學生的機會。

除了過門檻的托福成績是必備條件以外，不論校級或是商學院的甄選都有英文面試，面試過程就像和老師聊天一樣，問題不外乎是為什麼想申請交換學生、為什麼想去這個國家/這所學校、或是針對我的經歷提出相關問題，因為都是和自己切身相關的議題，所以其實不需要太多的準備，只要能夠明確的向口試老師表達自己的想法就可以了。其他的準備文件部分，學校有規定要繳交一篇英文撰寫的statement of purpose，我寫的內容和準

想當交換學生，需要準備一顆開放的心，這樣才能得到更多在台灣感受不到的體驗。

備在面試中回答的想法差不多，只是把它化為文字敍述再加以修飾。在撰寫的過程中，雖然有時候會突然腦中一片空白，但是逼迫自己再次思索究竟為什麼想要出國交換，以及對於出國後的自己有什麼期待，其實更能夠釐清自己的想法，找回當初決定要成為交換學生的初衷，也能夠幫助自己順利通過之後的甄試。

成為交換學生之後，除了異國生活的激盪、外國不同的學習方式的刺激外，我從國際學生們身上學到很重要的一點是不吝於給予回饋，平常在台灣的學習方式大多為靜靜的讀和聽，如果有同學上台報告，也只是在結束時給予掌聲，感覺有點像是制式化的模式，但是外國學生們總會熱情參與討論並且給予回饋。有一次我花了很多時間和精力準備上台報告，在課程結束後有一群國際學生走向我，告訴我他們很喜歡我的報告，而且還有幾個人表示對我的報告內容很有興趣，也提出他們自己的觀點和我分享，或許這是他們非常自然的反應，但是對我而言卻是莫大的鼓勵，讓我知道辛苦的準備受到肯定，因此在那次經驗後，我也學著向別人表示肯定並且給予回饋，即使只是簡單的一句「Good job!」也可以帶給對方一整天的好心情！

最後、也最重要的，想當交換學生，需要準備一顆開放、接納各種事物的心。多和不同國家的人接觸、多到旅遊書之外的地方看看、嘗試當地的食物、體驗多元的文化，這樣才能得到更多在台灣感受不到的體驗。我去的那一學期，四百五十個交換學生之中只有我來自台灣，雖然一開始大家不免習慣和自己同個國家的人在一起，我卻孤伶伶的偶而覺得有些孤單，但是後來學習多試著自己去體驗、主動認識新朋友，就會發現大家都很好相處，看到有些交換學生會和同國家的人各自成為一個封閉的小團體，不免有些可惜，最後反而很慶幸自己沒有被絆在小圈圈之中，所以看到、也得到更多。

歐洲

Finland

芬蘭

聖誕老公公的故鄉

劉耀謙

政大金融系→芬蘭赫爾辛基管理學院

2007/11/16

芬蘭，披著北歐的神祕面紗，從台灣看過去是個遙不可及的國度，是一個寧靜卻充滿質感的地方，它的寒冷遠離俗世的塵囂，脫俗的氣質襯托著古老的民族智慧，它的土地貧瘠，卻成為全世界生活水平最高的國家。

異國生活初體驗

這次我有幸能到芬蘭首都赫爾辛基當交換學生，而在這未知的世界中，有著未知的氣候、未知的人種、未知的語言、未知的生活方式，許多新奇的事物都在等著我去發覺跟探索。鼓起勇氣、背著行囊，展開了我人生第一次的異國交換體驗。日期回到二○○七年九月那一天，我和另外一位同行的政大學長Dale從桃園機場起飛，選擇在香港跟英國希斯洛機場轉機兩次以求得便宜的機票，心情自是萬分期待，以至於長長的二十三小時，好像就在國泰航空跟英國航空的餐點中渡過。說實在的，飛機餐真是好吃，坐在飛機上，不管什麼東西，都好像加值了一樣。手中拿著滿滿的資料還有圖片，在飛機上無可避免的開始勾勒起芬蘭面貌，但我卻無從猜測，只好決定在夢境中繼續摸索。

好像還睡眼惺忪，眼中芬蘭第一印象就是它簡單俐落的機場，揉了揉眼，不敢相信這座完全沒有「多餘」的建築就是他們最國際化的機場，不是說不好看沒氣派，只是入關出關變得簡易許多，一晃好像就到了出口似的，映入眼簾的是形形色色的歐洲人種，還有木質風格的裝潢，感覺好不溫馨舒適。前來接機的是一位名為Heidi的芬蘭漂亮女孩，一路上開始有一搭沒一搭

d Aalb gin tie

da Aalbergs väg

的聊了起來。空曠舒適的路面還有萬里無雲的天氣，給我到芬蘭的第一天一個美好的歡迎禮，而由於宿舍還沒開放，我跟學長就先入住市中心的青年旅館，花時間找出多一點的芬蘭印象。

在我印象初的赫爾辛基，除了壓得很低的藍天外，就是那非常平靜的都市景象，對於長期住在台北的我來說，都市應該是人擠人，車潮川流不息，再不然至少來個幾條忠孝東路，但全然不是。這裡的人氣態悠閒，最主要的購物街走起來一點都不擁擠，感覺像是來到一個氣質高雅的小鎮。然後以車站為中心發展的都市商圈，有著很多像快速毛毛蟲的輕軌電車，百貨店裡商品琳琅滿目，不過價位帶給我不小的震撼，「歐洲嘛，難免！」自己安慰自己，想趕快走出剛吃完台灣三倍價麥當勞的陰影。「歐元，坑人來的！」心底又不禁泛起了小小的埋怨，難免開始比較起台灣，一樣的價錢，我可以在夜市裡過得像大爺一般，心下著實為接下來的生活費煩惱。

但環境就像麻醉針筒，過了一段時間，我對價錢的接受度也漸漸因為知覺麻痺而變高。入住我可愛的宿舍後，真正的交換生涯才拉開了序幕。我住在一間有三房一廳一廚房一浴室跟一陽台的家庭式宿舍，設備應有盡有，冰箱、暖氣線路、電磁爐、高速網路，還有一體成形的室內裝潢，而我付的房價卻不高，一個月台幣七千元左右，雀躍的我不時摩拳擦掌，只待一展身手的時機。另外兩個室友隔幾天也住了進來，一個是我做夢也想不到會碰到的立陶宛人Darius還有一個之後都跟我非常要好的德國男生Alex，隨著人氣的進駐，這裡似乎也愈來愈像個家。由於交換學生都住在一起，常常互串門子，不然就開開派對，在這的生活愜意極了。

CUSTOMS DECLARATION
DÉCLARATION EN DOUANE
CN 22
May be opened officially
Peut être ouvert d'office
Great Britain\Grande-Bretagne
Important! See instructions on the back
Gift\Cadeau
Commercial sample\Échantillon commercial
Documents
Other\Autre
Tick one or more boxes
Quantity and detailed description of contents (1)
Quantité et description détaillée du contenu
Weight (in kg)(2)
Poids
Value (3)
Valeur

芬蘭印象

有人說芬蘭是適合養老的地方，也有人說芬蘭有著適合唸書的環境，在在指出這個地方的特質。赫爾辛基沒有繁華的市容，坐個輕軌電車可以在十幾分鐘內逛完主要市區，百貨只有兩到三家，店的種類跟數量跟台北比起來真是少得可憐，所以以一句話總結就是生活的娛樂沒有太多的選擇，如同來自保加利亞的Christina所說的，生活實在太無趣了。逛街一下就走完，吃的店不是速食店就是麵包店，沒有KTV，只有一家票價很貴的電影院，晚上能去的只有酒吧跟夜店，所以對於沒有啥夜生活的我，生活純粹得可以滴出水來了。我從芬蘭看到的北歐，就像傳說中般充滿大自然的氣息，有著簡約有力的設計風格，實用又重質感，對生活細節的用心，更顯出他們別出心裁的智慧。在那裡生活是種享受，可能它沒有台北的繁華，也沒有台北的多采多姿，但在這住久了反而卻愛上了這裡生活的簡單。

芬蘭人有多「宅」？

芬蘭人的生活可以以「宅」字作結，他們下班的時間是下午四五點，這對身為台灣人的我又是一個意外的衝擊，芬蘭人們一下班就巴不得趕快回家，真的是很愛家，他們教育的成功，有方面可歸功於這完整的家庭核心功能。相對於台灣人人都超時工作，不然就是趕緊加班撈錢。在芬蘭，人們對於工作跟家庭有著非常清楚的時間分界，是真正的公私分明，他們在工作的時候比誰都認真，但對於該爭取的下班休閒時間也從不手軟，對他們來說，加班根本是剝奪人權的行為，這是忙碌的台北人所無法理解的。另一個有趣的現象就是，超市竟然是生活的中心，因為所有的民生必需品都必須從那裡購買，而且很扯的是，每一家的超市裡面的商品價錢都高低不一，我常常為了省錢，都會去最便宜的超市買一大堆，看到便宜出清的食品總是見獵心喜。裡面的東西貴雖貴，但都是品質保證，這是因為超市都會為消費者嚴格把關，新鮮又健康，買起來安心又開心，不會為了壓低價格而粗製濫造，芬蘭人普遍有個觀念，就是買「質」，看東西不是看價格而是看實用度。還記得一位跟我某堂課同組的芬蘭同學告訴我，她父母家裡因為不是很有錢，所以東西才要買最好的，完全與台灣人的想法相反，問明原因後才知道，他們認為好的東西才用得久，因此才能省錢。角度不同，但是不禁佩服起他們看事情的長遠眼光。

異國生活大不同

開學後，常常有一系列的活動在舉辦，新生派對是傳說中的二十四小時不停歇，還有讓每個國家上台唱國歌的Sitsi Party，我跟學長還有另一個從丹麥交換來的高雄女生勇敢的唱了「丟丟銅仔」跟「天黑黑」的組曲，瞬間，台下爆起了滿堂采。隨著一杯又一杯的黃湯下肚，場子熱得不像話，而我也開始有點頭昏腦脹，領隊們帶著大家唱著性暗示意味濃厚的喝酒歌，血氣方剛的年輕人笑成了一團，而我則是見識到他們開放的一面。酒量很好的芬蘭人不分男女，我的領隊Anni轉眼間就乾了十五杯，簡直比喝水還狠，偏偏我天生酒量不濟，像是天生缺乏那種基因，幾杯就可以讓我倒地便睡。

樂活

戶外活動是芬蘭人的最愛，尤其是在短暫即逝的夏天。週末帶著全家去湖邊渡假，不只住在自己建造的小木屋，還能享受無價的美景，不亦樂乎。或者清晨早起去林間採菇，我曾經有過這樣的經驗，跟著識途老馬的捷克朋友深入位於赫爾辛基附近的國家公園內，沿路摘取可以食用的菇類，不只要會找地點，也要會分辨有毒菇類以免誤食，菇類還真是千奇百怪無奇不有，我還記得當時找到當天最大菇的心情，就像是中了頭彩！而最具代表性的戶

外活動就是滑雪了，在這個這麼「雪」的國家，小孩子都是小小年紀就在學的呢！他們也很喜歡親近大自然，並不斷的向大自然學習如何締造雙贏，很值得世界各國學習。

講到食物，芬蘭的飲食就是標準的外來飲食文化，因為它的土地不適合農業，所以大多數的食物都是外銷進來的，寒冷的天氣，連鄰近的海洋都沒有很肥美的海鮮，這造成他們比較沒有有特色的飲食文化，我個人覺得這種就是美式加上歐式，一切走簡便路線，像是我特別愛吃的馬鈴薯、奶製品，以及一切微波食物。料理著重在原味，食材本身的品質取決了美味度，再加上許多精心調製的佐醬，不用油煙瀰天，即能做出難以忘懷的好味道。不過對很道地的台灣人來說可就苦多了，我學長就是個例子，每天晚上他不用電鍋煮碗飯來吃就會渾身不對勁，天天吃麵包可以說是精神跟肉體上的酷刑。

芬蘭是個很奇特的地方，這裡的天空很低，低到你覺得伸手就觸碰得到。這裡的阿嬤很酷，顛覆我心中的傳統，除了會邊走邊吃麥當勞而且還很愛吃糖果，最喜歡的是玩這裡的賭博機器，而且超級厲害。在這裡不得不說

芬蘭的水

根據一個驚人的調查，芬蘭是世界上咖啡消耗量最多的地方，所以愛喝咖啡的人去那更是適得其所，如魚得水！值得一提的是，芬蘭的水真的是超乾淨的，單單從水龍頭跑出來的水就甘甜無比，比較其他我去過的歐洲國家的自來水可是好上很多，一整個讓我很懷念。

一個現象，那就是芬蘭人都賭性堅強，從每家超市、便利商店裡都有類似吃角子老虎的拉霸機就可見一斑，不論老少皆喜歡站在那裡玩，算是他們令人意外而不為人知的一面。這裡的小孩都很獨立，甚至像沒人管一樣，我曾經看過一個五歲左右的小孩在大冷天氣自己一個人出來坐公車，真的是很厲害，也不得不佩服他們的治安能好到這樣的境界。但我去的那年卻不怎麼平靜，還記得我剛去沒多久，芬蘭當地就傳出一個台灣婦殺子然後自殺的新聞；學期中芬蘭中北部地區一個納粹高中生在校園槍擊案件；歲末我去的聖誕音樂會有一個大提琴的演奏家在曲子進行到尾聲時心臟病發，令我不得不覺得自己似乎是個災星呢！芬蘭是個乾淨的天堂，連隻昆蟲都很難找到，我住了一學期，別說蟑螂了，連半隻螞蟻都沒看到，別懷疑了，我跟我學長都有實驗過，放了很多餅乾屑在房間裡，好幾天了都好端端的在原地。森林更是乾淨到不敢相信，就算赤腳踩在深山裡的草地上，也不用怕蟲，因為根本看不到一隻！

Sauna

Sauna 就是類似三溫暖裡的蒸氣室，在芬蘭可是每戶人家都必備一間。整間用木頭打造，然後燒炭火，不夠熱就撒些水，可以養顏美容又可以瘦身，另外可以用樺樹枝幫朋友拍打身體，聽說有助身體健康，促進血液循環，瘋狂的芬蘭人還喜歡在Sauna之後，跑到室外跳入冰水中，那滋味真是……一切盡在不言中啊！

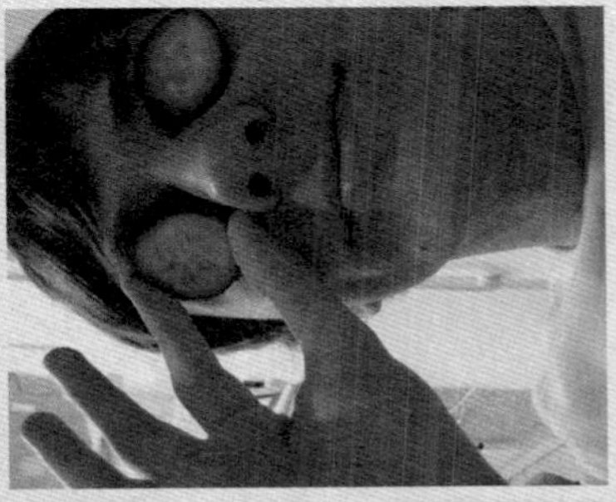

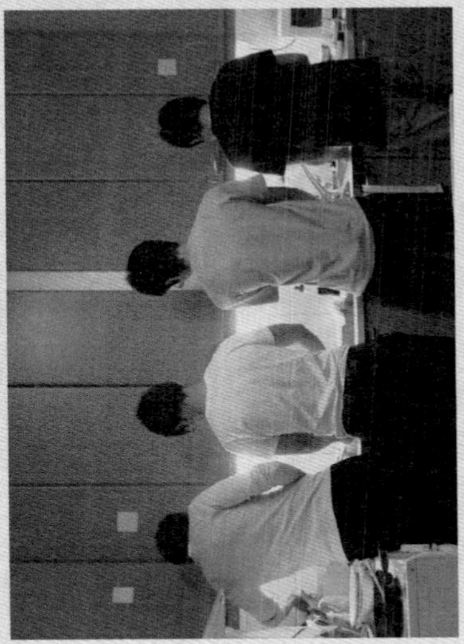

芬蘭精神

值得敬重的芬蘭精神「Sisu」，這個詞彙被廣泛用來形容芬蘭人那堅忍不拔的毅力，源自以前對俄羅斯戰爭，雖然兵力軍火懸殊，但靠著冬雪跟堅持到最後一刻的勇氣，芬蘭獲得了最後的獨立。這個詞出現在很多地方，很多品牌，標語裡都有其蹤影，如果有芬蘭人跟你說：「You got Sisu!」那是一句非常棒的恭維，記得要表示感謝。兩性平等在芬蘭可是一覽無遺，芬蘭的女生可是很有guts的，不管是政府機關任職，或是工作表現上，可說是巾幗不讓鬚眉，反而是男性很顧家，在路上推著嬰兒車放著育嬰假的爸爸比比皆是。沈默寡言的芬蘭人，連語言都很精簡，在他們的字彙裡找不到「請」這個字，他們也不喜歡small talk，我想這可能跟地域氣候有所關連，畢竟在冰天雪地裡誰還有閒情逸致群聚在一起八卦？凡事自己來是造成這個國家這麼成功的其中一個原因，最明顯的例子就是他們有很多人喜歡自己蓋房子，材料買齊了，一釘一木，一棟棟充滿巧思特色的房子就這樣蹦了出來。另一個令人讚賞的是，路人享有絕對的交通路權，這裡的車看到人都會慢下來，就算過馬路也會停下來讓人先過，這麼尊重路人的情景可是在台灣看不到的，由於國家有制定相當高的罰鍰，這裡的車主開車可是非常專心的！

離別的季節

十二月是離別的季節，但卻充滿著節慶的氣氛，一年一度的聖誕節需要提早做準備，首先最早出現的就是CHRISTMAS CALENDER，有很多型式，我買了最平易近人的那種，從1號到24號共24格巧克力，每天開一個來吃，還可以順便倒數。百貨也來個CRAZY DAY大拍賣，有點像年終大出清，聖誕歌四處響起，要小心留意各地出現的傳統聖誕市集，會有來自各地的攤販賣著店裡買不到的個人特色手工藝品，雖然價位沒有比較便宜，但絕對是撿好東西的時機，小吃攤販在這很稀少但卻很火紅，跟台灣夜市一相比較，不禁莞爾。

期末考完後又是另一連串的派對，不同的是多了些哀愁。趕在聖誕節前回去團聚，每天都有不同的朋友離去，討厭說再見的感覺，不但傷感情，總覺得那些快樂的回憶也被帶走似的。但我也有我的聖誕節，由於我的歐洲大旅行是26號之後才開始，所以我和幾個還留在當地的朋友辦了個豪華的火雞聖誕大餐，從樓下剪了幾個樹枝綑成聖誕樹，把室內裝飾一下，整桌的食物和奧地利人珍藏的紅酒相互輝映，於焉我和我最親愛的朋友們享用了一頓難忘的完美聖誕大餐。

異國學習大不同。

我選的學校的課份量不輕，有財金相關、有企管行銷相關，也有芬蘭歷史與文化等課，大部分的課都是報告多多，然後來個期末測驗，加上又是短時間內密集上課，常常搞得焦頭爛額。考卷內容都是簡答題，就是說如果你沒有讀到重點，英文文法不好，那可能就會掛點，不過好在很多科目都有給第二次機會，我才拿到了我的「歐洲金融市場」學分。

大部分的交換學生都很優秀，尤其是CEMS的學生，但根據我的觀察，課堂上最認真的往往是芬蘭的學生，他們連做一個小報告，也以像是準備期末報告的方式做，令人非常印象深刻。大部分的老師英文都很好，但芬蘭腔卻非常嚴重，發音方式是嘴型比較平的那種，有點漏風的感覺，好在聽了一段時間也慢慢習慣了。

我印象最深刻的是金融機構這堂課，畢竟我讀的這間HSE在歐洲是著名的經濟商管學院，尤以economic和finance為主力，不了解看看真對不起自己。起初上這堂課的原因是想拿來抵免系上的必修科目，而這堂是開給碩士班的課，所以剛開始上真的覺得風險很大，課程內容相當豐富，幾乎每一堂都請外面很大咖的演講者來上課，如芬蘭國家銀行的總理等，除了了解很多市場制度、銀行演化，還有些實務操作，最重要的是我更能以歐洲人本身的角度來了解歐洲這個市場，與在台灣修習同樣課程視野硬是寬闊了許多。班上的人都很踴躍發言，問問題都很有深度，令人佩服兼冷汗直流！

Travel plan

帶著背包旅行去

雖然書還是要讀，但聰明的學校選課系統可以讓你自由的選課和安排時間，重要的是可以隨時放棄不上，沒過的成績不會放進成績單！一個學期分成兩個時間上課，中間則有一個禮拜的假期可以發揮，但對於交換學生來說，天天都像是放假，除了趕作業跟報告外，大家都在想著要去哪裡玩。

「叮咚！」一個愛串門子的新加坡女生Charlize跑來聊天，開始討論可以去玩的景點：鄰近的伴侶島有著芬蘭人的戶外博物館，裡面展示著當時人們的生活方式跟建築物；還是另一個有堡壘的島Suomelina從市中心港口出發，坐個約莫十幾分鐘的船程就能抵達。利用空檔時間，我和朋友們在很多地方留下了足跡，造訪了許多名勝古蹟美景。

有著申根芬蘭簽，歐洲行腳更為容易，在學期中我去了三個地方。

第一次出去的機會是學校辦的斯德哥爾摩之旅，三天兩夜的行程卻讓我體驗到畢生難忘了幾項經驗。第一個就是搭渡輪到目的地，晚上在豪華郵輪上，有著豐富的節目表演秀，還有瘋狂的跳舞派對，免稅商店裡有很多的好東西可以買，雖然不外乎是些酒跟糖。芬蘭人很愛吃軟糖，就這點來說跟我可是合到不行！瑞典首都果然不一樣，氣勢恢弘大度，連空氣中都凝結著一種歐風古

味。城市小巷中，百年老店令人回味無窮，而且在這裡我看到了第一家在歐洲的7—11，真是令人懷念的驚喜。

第二次則去了丹麥，見識到聞名全球最幸福的城市的樣子，還有滿街情趣商品店的紅燈區，哥本哈根的小美人魚不再只存在於圖片上，而是零距離的親暱接觸。

最後一次則是早早就規劃的挪威行，全世界最貴的城市真是當之無愧，在奧斯陸有著數不勝數的雕像數量也有著豐富多元的博物館，這裡最特別的是諾貝爾和平獎的博物館，可以看到歷屆得獎者和其介紹。滑雪博物館則是看到挪威人的驕傲，他們認為沒有一個挪威人是不會滑雪的。博根，是挪威峽灣之旅的起點城市，是有錢人最愛住的首選城市，迷你卻五臟俱全，世界遺產的布瑞金遺址，還有德國漢撒商人的活動遺跡。平靜無濤的峽灣之旅如同身在仙境，白煙嬝嬝，長日相伴，山水相依，青白相間。三趟旅程造訪了北歐三國，微微察覺了彼此存在間的異同，也拜訪了當地的其他台灣交換生朋友，真是一兼二顧，摸蛤仔兼洗褲！

期中考期間結束，赫爾辛基的冬季悄悄的昭告了它的來臨，氣溫變得更低，白天的時間驟然間變得很短，四點多就天黑是很正常的。大家最期盼的無非是下雪，二〇〇七年的冬天好像不夠冷，零零散散的幾陣小雪，開始出現在枝頭上、小路旁，朋友跌得狗吃屎的機會也開始變多了。雪耶，想不到我人生第一次看到雪就已經跟它生活在一起了，放眼望去，白藹藹的一片好不乾淨，心情同時也得到了釋放。學生會舉辦的最後一個活動拉普蘭之旅，因為一直在等雪積到一定的厚度和量，到了十一月底才成行，浩浩蕩蕩的一群全身武裝的朋友們，開始了這趟冰雪王國之旅。

拉普蘭位於北極圈之內，終年凍寒、生物稀少。芬蘭的原住民薩米人即是來自這個地方，有別於其他歐洲人和斯拉夫人，他們長得瘦小也不高，算是獨樹一格。一路上遊覽車搖搖晃晃，兩旁的針葉林不斷向後移動，路上可見除了雪以外就是大批移動的馴鹿了。沒錯這就是拉聖誕老公公雪橇的動物，由於芬蘭公路上常會出現鹿群經過，都必須停車等牠們經過。中途我們在芬蘭著名的聖誕老人村停留了一段時間，這個村特別的是在這裡投遞的明信片都能蓋上只有這裡才有的聖誕老人村戳章，除了紀念品店外，後面還有

聖誕老人的工廠，每個進去參訪的人還能得到一個專屬於自己的識別證，相當具有巧思，有趣的是裡面都會有常駐的聖誕老人，除了拍照要錢外，聊聊天倒是無妨，想不到他竟然能跟我聊起台灣，真是受寵若驚。下一站來到滑雪勝地Levi，這裡有各種等級的滑雪場，是滑雪愛好者的朝聖之地。住在鄰近的小木屋，裡面也是各種設備都有，在這裡我第一次在人生中使用了壁爐，整個室內真的都溫暖了起來，晚點我還要去旁邊的柴房拿已砍好的木柴回來燒，果然是電影上出現那種很歐美的感覺呢！晚上眾人不甘寂寞在外溜達，非常幸運的是我同時看到了極光跟流星，美得令人屏息，剎那間彷彿時間空間都靜止了。接下來幾天體驗了哈士奇拉的雪橇，在零下二十度的環繞下，再美麗的風景也抵不過刺骨空氣的折磨。還有重頭戲滑雪，看大部分歐洲人滑起來輕而易舉，登上坡頂往下望去才知道其實並不然，倒抽了一口涼氣，不過在抓到訣竅之後，享受這滑雪之樂是不會累的！

終點與起點

收拾房間一向不是我擅長的事，離開的時候我卻將整間空蕩蕩的宿舍整理得一塵不染，再見了，我一個學期的家。接下來我跟學長Dale還有一位在赫爾辛基認識的台大法研所學姐婷婷展開一場華麗的冒險，即將拜訪德國，法國和西班牙，為期二十天的旅行挑戰我的體力也挑戰隊員的默契，看到了從小都只能從電視上看到的景緻，柏林的菩提樹下大道還有歷史古蹟柏林圍牆，漢堡市的運河以及與德國室友同慶的新年饗宴，科隆的雄偉大教堂與萊茵河。巴黎的香榭儷舍、鐵塔和塞納河，以及鐘樓怪人的聖母院。馬德里不思議的太陽門廣場，塞哥維亞的羅馬人水道牆，托雷多的中世紀武器盔甲大觀園攻防，巴塞隆納的彩色拼貼磁磚藝術，名建築師高第的聖家堂大教堂，文藝氣息濃厚的畢卡索博物館……人生如此，夫復何求呢！

拉普蘭
冰雪王國之旅

芬蘭的原住民薩米人即是來自這個地方，有別於所有歐洲人和斯拉夫人，他們長得瘦小也不高，算是獨樹一格。

好像還才不久前，在我雙腳踏上桃園國際機場之前，在我所謂的歐洲行腳之旅前，一切就像是理所當然的夢境，是的，我在芬蘭當了一學期的交換學生。翻開護照，漂亮又細緻的芬蘭簽證總是令人屏息，回憶在紋路上跳動，彷彿我又回到了交換前，一切的原點，懷著當初微小的心願還有憧憬。凡事都要有點衝動，這句話套用到我身上真是再適合不過。沒有很大的夢想，期許，在準備托福考試的時候，心裡暗暗的決定只是想看看這個世界。很簡單的原因，但是很多人卻把它想得太複雜了。的確，有些人怕因此延畢，有些人選擇全力衝刺研究所，有些人則是因為以後就要出國而不急於一時，再多再多的原因對我來說只構成藉口，因為我很少想得這麼多，或許這不是個艾蜜莉的異想世界，但路就是這樣走下去，不管怎麼繞到能達你要的點就行了。還記得剛選上交換學生不久，「練習曲」這部台灣製電影悄悄的問世，「有些事現在不做，以後就不會做了」，是啊，未來的事又怎能都如計畫般的完美？把握當下的決定更是益發堅定。

周遭的好朋友也都紛紛當上了交換學生，這對我來說無非是一種鼓勵，尤其在大四這種敏感的時間點。「芬蘭耶，會不會很冷啊？」大家開口第一句八九不離十都是這句，可能很多人會問我為什麼要選這間學校，答案也很簡單，因為當初我覺得赫爾辛基這個名字很酷，很深得我心才選的。當然不是很推薦這種不負責任的方法，有些人會用排名選學校，或者是看專長領域來找尋合適的，而想開眼界的我，則是選擇到我以後一生幾乎都不可能再踏上的地方，幸運的，一切的一切比我想像中好的太多了，就像到了一處世外桃源，進行著一種東方式的洗滌冥想。

這裡的天空很低，低到你覺得伸手就觸碰得到。

芬蘭之於我之所以如此與眾不同，在於它與台灣截然不同的環境。在這個世界的盡頭，我跟著來自各地的交換學生們開始了為期不長也不短的相處，一切是如此地新奇，目不暇給，無時無刻不想多了解些我不懂的奧祕。維持孩子般的好奇心，可以使你更貼近這世界的脈動，學習到最簡單的快樂，無非是這種不需經思考的直接。各地人形形色色：氣質沉穩北歐，嚴謹德國，浪漫法國，熱情西班牙，還有很多都是所聞不如自己親身去體驗跟了解，意外地我卻因此更知道台灣的特質與可愛，是個走出局外後卻更清楚的腦袋。先進國家之所以先進其來有自，不必羨慕也不必嫉妒，做個本身就讓他人尊重的人才是王道，鞏固自己並學習他們的優點算是我額外不小的收穫。

交換期間最美好的回憶在於與許多好朋友相處的時光，跨出了藩籬，明顯不同特質的人們散發出多元的色彩，不再是單調的呆板，認識真正的強勁也可以來自不同的地方。去了很多地方，從語言、生活方式、文化等角度，更深入了解不再是存在於紙上的文字國家，或是人們口中傳述的主觀言論，而是「讀萬卷書不如行萬里路」的實踐。在交換後真正得到的東西，都不是實體能見的，坦白說英文也沒變強，人也沒變帥變高反而變胖，也沒有比較有氣質，也不會因此就變得更獨立自主，但我得到的是一種經驗，是心境的轉變，是對自己信念的肯定，是一種成就。

好像還才幾個月前，在我雙腳踏上桃園國際機場之前，在我所謂的歐洲行腳之旅前，一切就像是理所當然的夢境，是的，我在芬蘭當了一學期的交換學生。翻開護照，漂亮又細緻的芬蘭簽證總是令人屏息，回憶在紋路上跳動，彷彿我又回到了交換前，一切的原點，懷著當初微小的心願還有憧憬。

歐洲

挪威 Norway

被太陽遺忘的極地

林怡均
政大風管系→挪威管理學院

挪威，世界上最富有的國家，也是名列世界上最快樂的國家之一。

異國生活初體驗

二〇〇七年十二月三十一日我自桃園機場出發。分別在香港及倫敦轉機，在夜半的機場大廳等候轉機時，我打開手機，一封又一封來自台北熱鬧的跨年簡訊，與機場外零下的靜謐形成強大對比，有些悵然、有點失落，但我知道，這將會是一趟難忘的旅程，旅程中偶爾的孤寂，就好像一杯香醇的拿鐵偶爾透著黑咖啡的苦澀一般，叫人更為深刻。

在歷經二十多個小時長途的飛行後，到達挪威首都奧斯陸已經是二〇〇八年一月一號了，因為是國定假日，宿舍的接待中心沒有人上班，當然我也無法當日入住，於是我拿起背包裡的地圖與事先預訂好的青年旅館住址，在空盪的奧斯陸市中心找尋我今晚可以棲身的地方，身邊將近四十公斤的行李，使我寸步難行。來來回回在central station找尋了一個小時之後，好不容易找到了可以到達旅館的公車，後來發現其實旅館並不遠，距離火車站大約十五到二十分鐘的腳程，只是扛者四十公斤的行李，我真的只能求助大家運輸工具了！

把行李安頓好後，步出青年旅館外，發現下午四點的奧斯陸已被暗夜的黑所籠罩，橙黃的路燈把我孤單的身影拉得長長的，突然有一絲一絲雪白

飄落在空中，下雪了！第一次，看到雪，輕輕的、柔柔的……那是一種很奇怪的感覺，帶著雀躍與些許的孤獨。在奧斯陸的青年旅館，我認識一個熱心的香港人，他在英國工作，趁著假期到挪威來滑雪，度過新年。他熱心的告訴我哪裡可以買到便宜的食物，聊著他在挪威的所見所聞，聊他在英國的工作，也聊我即將開始的異地求學生活，相談甚歡的結果，害他差點趕不上去機場的接駁巴士。在挪威的第一個夜晚，我在7-11隨便買了熟食果腹，早到的暗夜與旅途的奔波，使我錯亂了時間，我早早的拖著疲憊的身軀沉沉睡去，外頭傳來輕軌電車在寒風中行駛而過的轟隆聲，帶著我即將展開的新生活馳向遠方……

似乎睡了很久，但太陽公公彷彿是忘記了地球北角的挪威，遲遲不肯現身，不過，窗外輕軌電車的運作代替太陽公公提醒我該是清醒的時候，我在恍惚中醒來，發現另一床，有著一頭棕髮與一雙靈活大眼的女孩也醒著，她無聊的坐在床沿，我們開始有一搭沒一搭的聊起來，她是中東裔的美國人，因為幾個月前在網路世界認識了一名挪威男孩，便轟轟烈烈的談起異國戀情，趁著聖誕節與新年的長假，飛越了大西洋來會見那網路世界中的Mr. right，言談中，她帶著興奮口吻告訴我他們認識的經過，卻也說到挪威男孩曾經食言，讓她心灰意冷。而當天挪威男孩本來約定好九點要到青年旅館來找她，但我們一直聊到將近中午十二點，卻都不見挪威男孩的現身，我因為已經和學校的body約好了在中央車站見面，要辦理一切與宿舍相關的事宜，所以便提早離開，我在心裡面暗暗祝福這個勇敢追求愛的女孩能夠成功！

異國生活大不同

在挪威，全年有一半的時間都在颼颼的下雪天中度過，對於愛好戶外活動的挪威人來說，是一件很無奈的事。所以挪威人自然而然就發展出許多不一樣的雪上活動。包括，簡單的溜冰（ice skating）和比較困難的滑雪〈ski〉。其中滑雪又分Cross-county ski（越野滑雪）、down hill ski、snowboard（滑雪板）。

冬季的假日走在挪威的街道上，可以看到許多人身著帥氣的滑雪裝備平地練習。當然真正的滑雪跟在平地走很不一樣。說滑雪是挪威的全民運動真是一點都不為過，第六屆冬季奧運（一九五二年）就是在挪威的首都奧斯陸舉辦，挪威在那年的獎牌數也位居第一。當年舉辦冬季奧運的滑雪跳台，Holmenkollen，至今也是奧斯陸熱門的觀光景點之一。

第一次滑雪，我與幾個朋友搭地鐵到奧斯陸的近郊，先坐了地鐵再轉巴士後終於來到位在山上的滑雪場，我第一次嘗試的是down hill ski！那是一個晚上開放的滑雪場，星期五學生半價，不過還是要二千四百台幣哩！由於是第一次，所有的是對我來說都很新鮮！穿上雪鞋後，覺得自己像是要登上太空的太空人，因為雪鞋真的很重，整個包覆到小腿，所以一開始的時候走路不是很習慣。然後換上滑雪專用的褲子以及滑雪板，就準備出發啦！

同行的David告訴我一些基本的技巧，像是如要停止的話，就要做類似內八的姿勢，不過由於鞋子很厚重，滑雪板又很長，所以常常覺得腳明明已經轉了一八〇度了，但滑雪板好像一點動靜也沒有，連腳都快打結了！一邊滑，我一邊偷偷的想，常做內八站姿的日本女生其實很適合滑雪！由於是第一次的關係，所有的動作都顯得笨拙，完全不知道要怎麼控制速度，對於如何停止滑雪板的技巧也不熟練，因此我也領悟出自己一套菜鳥生存法則，就

是如果想要停止但又無法準確做到時，就趕快讓自己摔倒，否則就會一路滑到山下或是不小心滑到一旁的樹林裡！透過自己摸索出來的方法加上的David的教導，我開始敢自己慢慢滑了。

滑雪場的另一邊就是針葉林，由於滑雪場的坡度向深林傾斜的關係，好幾次差點跌到森林裡去。最後一趟，在最後一段陡峭的斜坡時，我又跌倒了，試著站起來，但無奈只要站起來，就會順著坡度向森林滑過去，一點控制力都沒有。就這樣，反反覆覆試了好幾次，我幾乎要跌到森林裡時，David與另一個熱心的外國人出現了。外國人先把我拉起來，再指導我調整滑雪板的角度，最後，終於順利的溜到山下！

晚上滑雪，坐在纜車上，身旁是高聳的針葉林，抬頭往上看是一輪明月跟滿天星星，身旁風呼呼的吹，雖然有一點冷，但更多的時候是舒服！滑完長長的雪道，坐在纜車上，欣賞完全不一樣的北國景色，非常的怡人、讓人放鬆！

第一次滑雪，回家後全身都是黑青，尤其是臀部跟小腿的部分，好笑的是，小腿上的黑青是因為沒有辦法控制滑雪板，跌倒的時候，自己的右腳打左腳的結果！回到家後，我立刻沖了個熱水澡來去除身上的寒冷及疲憊，最後躺在柔軟的床上，很快的就沉沉睡去。

我的滑雪初體驗，在我的23歲生日！

社會課

在挪威常見的東方面孔，不是我們一般所想像來自對岸的同胞，而是來自越南的移民，他們幾乎包辦經營所有的亞洲超市，甚至是中國餐館，十分有趣。而在中央車站附近，有一條著名的kebab street（沙威瑪街）有許多來自

中東國家，像是巴基斯坦、伊朗、伊拉克或甚至是土耳其等國的人民在這一個寒冷的國度打拚著他們的夢想。有時他們也經營中東超市，中東超市除了有許多中東人習慣的飲食調味料之外，販售的蔬菜水果往往都比挪威連鎖超市便宜一到三成。我很喜歡到家裡附近的一間中東超市買蔬菜水果，除了價格便宜外，對於同是在異國打拚的他們，我更有一分認同與親切感，也因為那間超市的經營者是土耳其人，而我曾經在土耳其擔任志工，有許多土裔的好友，所以跟他們相處起來特別感到親切，我也常常在採買時練習慢慢生疏的土文。有一次，由於很久沒有去光顧，老闆還問我是不是學校課業太忙，所以沒有時間採買，讓人感到十分窩心。

還有許多東歐國家的人民因為憧憬富裕而平等的生活而來到挪威，通常他們先到挪威接受高等教育，利用在學期間學習挪威文，畢了業後直接在挪威找工作，取得工作簽證，進而取得居留證，提升自己的生活、經濟水準。我的斯洛維尼亞好友Kristina，她自一開始到挪威就立定了要在挪威找工作，她的想法是學期結束後先找一份part-time工作賺學費，回國修完最後一學期課程後再回到挪威加強自己的語言，進而在此落地生根。她在到挪威前就先自修過挪威語，在挪威文的課堂上也十分認真且表現優良，最後，學期結束後如願的在旅館與餐廳都分別找到了工作；另外，我也認識許多來自東歐塞爾維亞或是波蘭的朋友，他們都在畢了業後順利找到工作，再順便把在家鄉的弟妹也都帶來挪威唸書。

福利國

說到北歐，大家一般都會想到這是一個平等又安適的生活環境，我自己也常和挪威友人聊到兩國在文化、制度、想法上的差異，每每我瞪大眼睛，聽著在挪威每個人可以得到的周全社會福利。

在社會福利制度良好的挪威，小孩子從出生登記那一刻起，爸媽就可以幫他開一個專門的銀行戶口，政府每個月會提撥一千挪威克朗（相當於五到六千台幣）的育兒基金到該戶口，補貼父母在育兒方面的花費，這筆錢可一直領到小孩子十六歲為止。此外，挪威政府非常重視教育，從小學到大學，只要念的是公立學校，一律免學費，政府每個月還會提供優惠的學生貸款，每人每月六千克朗（相當於台幣三萬六千元），若是你通過所有的考試測驗，畢業後只需還款三分之二，也就是其中四千塊的部分，利息非常的低，還款年限也很長。因此在挪威當學生是一件很快樂，且沒有壓力的事。

我有許多挪威好朋友，都已屆而立之年了，但還在修讀學士或碩士學位，當然不是他們不夠努力無法畢業，而是這已經是他們第二或第三個學位了，因為沒有沉重的生活壓力，挪威人可以快樂的追求他們心中所想；另一方面，挪威人尊重各個領域、各個行業，強調適性發展，而非一味的追求可能不適合自己的主流價值，與我熟識的好友Magnus，他就是在獲得一藝術學位後，又轉而在奧斯陸大學進修東亞文化的學位，平時他與朋友組了一個樂團，他是樂團的鼓手，偶爾在jazz bar表演；另一個好朋友，Erik，在取得經濟學士學位後，又到澳洲讀了一年書，回到挪威後開始學習中文。或許，看在我們東方人眼裡，會覺得這樣的人生很沒有計畫與目標，但這就是挪威人平等、自在的生活的方式，他們也十分樂在其中；附帶一提，「貸款旅遊」對挪威人來說

是一件再正常不過的事，在我們的想法會覺得既然已經沒錢了，就應該更積極的賺錢才是，跟政府借錢出國根本是天方夜譚，不過，這卻真真實實的發生在挪威的社會裡，原因除了若你背有負債，在課稅時可以享有優惠，更重要的是，挪威人覺得人生苦短，應該要做自己想做的事，生活在當下、享受人生，在挪威認識的一位嫁到挪威的台灣朋友，就是在峇里島認識當時貸款旅遊的挪威先生，誰說「貸款旅遊」不好？

北歐也是大家所熟知男女平權的國家，不只有在立法上的男女平權，真正在日常生活，北歐人也實踐著這樣平等的觀念。在一項挪威政府最新頒布的法律中，規定為期一年的育嬰假期歸父母雙方所有，雙方可以自由協議休假育嬰的日期，而且這是一個有給薪（全薪）的假期。在挪威，不流行英國紳士這一套，男生不會主動幫女生提重物或開門，若是一個男生這樣做，很可能招來女生白眼，認為這是一個性別歧視的動作，當然更不可能像在台灣社會這樣幫女生提手提袋（事實上許多其他歐美的同學聽到這都覺得很不可思議）。嚴格說起來，「性別」這東西在挪威社會顯得很不明顯，我與德國男同學討論過後的心得是，挪威的男生普遍陰柔，而女生大多顯得剛強，除了外在的打扮表現外，那是一種特殊的氣質，很難說得上來。

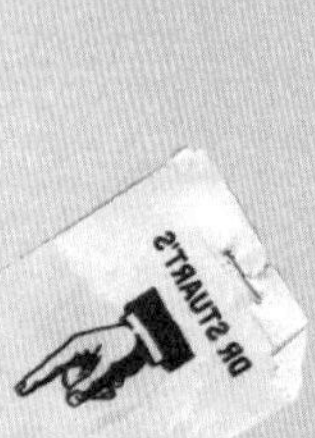

挪威除了是一個平等的社會外，挪威政府接受了許多自韓戰、越戰以及中東戰爭的政治難民，提供政治上的庇護。

異國學習大不同。

我所交換的學校是挪威一所非常著名的私立商學院——挪威管理學院「Norwegian School of Management，BI」。在挪威，所有教育是免費的，所以這所商學院的成立與存在顯得很特殊，也因為這樣，學校在治學上非常的用心良苦。所謂的學校，外觀看來就像是一棟高級的辦公大樓一般，沒有磚牆水泥的堆砌，有的是一片又一片透明的落地窗，架築起整座大樓；學校與企業間良好的關係是吸引學生來此就讀的原因之一，很多在BI唸書的學生，來自挪威的企業望族或是政治世家，唸書是他們來到BI的原因之一，另一項更大的原因，是他們希望在此建立自己的人脈，拓展家族事業的版圖。從小到大，我讀的不是家裡附近的公立學校，就是一般的普通高中、國立大學，在BI所見，讓我體驗北歐私立貴族學校的文化氛圍，也開啓了我不一樣的觀感和思維。

在BI，我選了四門課，分別為：Norwegian History and Culture、Logistics、Scandinavia Management、Business Communication –Negotiation。

在第一門挪威的歷史與文化課堂中，學習到的不外乎是挪威的歷史與文化，我們常說的北歐國家，其實包含了瑞典、丹麥與挪威，這三個國家有相似的歷史、政治背景，語言也是相通的。芬蘭，雖也位居地球之北，極圈之內，但卻不被算入北歐國家，語言上也與其他三國有著極大的歧異。很難想像今日全世界最富裕的國家，在百年之前是被丹麥或瑞典爭戰統治的區域，在挪威的歷史上，最輝煌的莫過於西元前那段維京海盜的歷史，但後來，挪威先後被丹麥及瑞典皇室統治，一直到近年來，隨著北海石油的發現，挪威才從貧困的小漁村搖身一變，成為今日全世界稱羨的自由、富裕國度；這樣的歷史文化背景，也讓挪威人顯得謙遜、有禮，在與挪威人交往的過程中，我發現，挪威人在一開始相處上，是比較保留的、謹慎的，不過，一旦當他願意敞開雙臂接納的時候，他的付出絕對是真心的，這一點，讓我剛到挪威的時候很不習慣。因為在挪威之前，我的另一次長時間的外國經歷是在土耳其，相較於土耳其人初次見面的熱情好客，一開始我對謹慎的挪威人多所怨言，幸好這樣的誤解在我結交了多位挪威友人後漸漸化解。我的挪威朋友也跟我說，挪威人在交往之初，的確是比較skeptical（懷疑的）；另外，挪威人特別注重個人隱私，認為每一個人都是一個獨立的個體，因此，在對待朋友的態度上，他們採取尊重，而在我的觀念上會認為朋友就是要有通盤的了解與認識，所以，對交友認知上的不同，是一剛開始我比較不習慣的地方。

會選擇第二門課Logistics，是因為挪威其實是以航海起家，不論是維京時期或是今日的物流海運，挪威都是稱霸一方的強權，在我大學時期的主修科目保險學裡，有很大的一部分就是跟海運相關（marine insurance），我認為透過這樣課程的選修會讓我擁有更廣的視角，在marine相關的議題上，我也會有更通盤的了解。比較好玩的是，在這門課堂中，我有一個期末報告，我與另外兩個墨西哥同學同組，分組合作的過程中，我們各展所長，最後也拿下的高於平均分數的B，讓我們十分開心。

Business Communication–Negotiation是我選修的四門課程中最喜歡的一堂課，老師是一個美國人，他以美國式的幽默贏得全班同學的喜愛，這門課主要教的是英文談判的技巧，老師一開始給我們幾個談判上應該遵守的方針，並運用技巧引導我們在談判過程中應有的邏輯性思考，再配合個案討論，所以與其他同學的互動非常多。由於這是一門晚上的課，修這門課的同學中，有很多是白天仍在上班的專業人士，於是在與他們互動的過程中，我也了解許多挪威企業的文化與內涵。

fadderullan

BI

Travel plan

帶著背包旅行去

Tromsø，全世界最靠近北極的城市，北緯69度20分，從奧斯陸搭飛機要兩個小時，曾經是薩米人的家，現在是挪威人從事滑雪運動的好地方、觀光客極光之旅的朝聖地、挪威的大軍營。

我參加了學校為交換學生辦的極光之旅，坐了兩個小時的飛機，我們一行人浩浩蕩蕩來到挪威北部的一個城市，Tromsø。飛機剛要降落，向窗外望去，是在三月天的奧斯陸已經看不到的靄靄白雪，鋪覆在城市邊緣的山上，紅、橙、黃、橘的小屋像是雪地裡冒出的新芽，每一簇都叫人驚奇！

在挪威很盛行住cabin的渡假方式，其實cabin說穿了就是小木屋，有客廳、廚房、臥房……。因為這裡什麼都貴，所以小木屋附設的廚房跟廚具當然就要好好利用一下啦！第一天Check in之後，第一件事就是向超市出發！在雪地裡走了約莫二十分鐘，終於來到離cabbin最近的超市，採買食物之餘，不可以忘記的是啤酒，啤酒是為了第三天晚上要到club前的pre-party用的，我只買了三罐（後來證明三罐還是太多），但很多夜夜笙歌的荷蘭人、德國人、愛爾蘭人……買了好幾打！

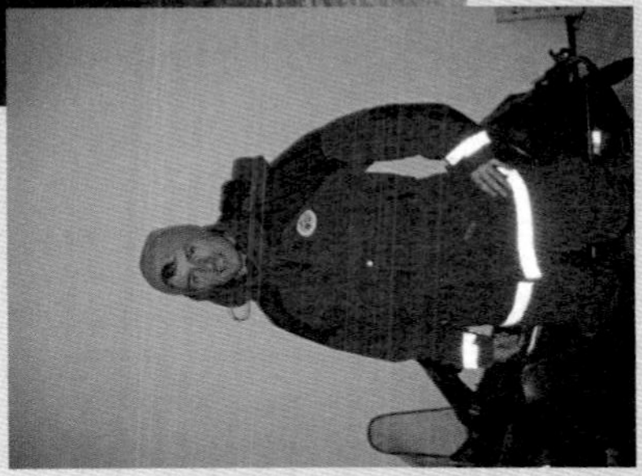

當天晚上，是旅程的重頭戲之一，我們驅車前往坐狗狗雪橇的地方，順便體驗薩米人的生活。令我意外的是，這裡拉雪橇的狗狗不是電影裡的哈士奇，牠們的臉瘦瘦長長的，很像以前生物課本裡形容北方狗狗長相的圖片。狗狗的家就一棟一棟的座落在雪地上，每隻狗狗都有自己的名字，當牠們看到一大群人出現時，可以感覺到牠們非常的興奮，不時的又叫又跳！牠們的主人說，牠們很開心，因為可以工作了！

每一輛雪橇前座可以坐三個人，控制雪橇的人站在雪橇後面控制。由於雪橇不夠多，所以幸運的我跟負責駕雪橇的人站在後面，一起駕雪橇，駕我們這輛雪橇的大男孩是一個倫敦人，我猜他應該很喜歡雪地，很喜歡這種簡單的生活才到這裡工作的吧！駕雪橇的工作其實不容易，如果遇到狗狗跑偏離原本的道路或是前方剛好路況不好時，就要傾全力把狗狗拉回原來的軌道或是設法避開障礙物，是一個很費力的工作！

就這樣，十來輛雪橇浩浩蕩蕩向雪地裡前進！雪橇奔馳在雪地裡，唯一的燈光來自倫敦男孩頭上那盞燈，除此之外，也不時可以看到山下村落的點點燈光，狗狗們一邊拉雪橇一邊開心的交頭接耳，呼嘯的北風毫不留情的刮掃在我們身上，我訝異的發現身旁的大男孩竟沒戴手套，或許他已經習慣了吧！我曾經在雪地裡沒戴手套，不到幾分鐘手就會冷得沒知覺，甚至沒辦法控制，所以我覺得他真的很厲害！

體驗完雪橇之後，我們來到薩米人的帳棚裡，帳棚中間的營火驅趕了剛剛在雪地裡的寒冷，帳棚裡擺放了若干桌椅，椅子還鋪上動物的皮毛，簡單又具特色的餐廳就形成了！我們享用了利用馴鹿肉燉煮的湯，這是薩米人很傳統的飲食，現在仍然很受歡迎！湯喝起來十分濃郁，湯頭像是熬了很久的大骨湯！那是一頓非常棒的晚餐！湯的風味很獨特，在大雪裡的一碗熱湯真的很棒！

極光之旅

Tromsø，全世界最靠近北極的城市，北緯69度20分，曾經是薩米人的家，現在是挪威人從事滑雪運動的好地方、觀光客極光之旅的朝聖地、挪威的大軍營。

這幾天的天氣好極了！街上熙來攘往的人們臉上都掛滿了笑容，草地上大家或坐或躺，全都在享受這難得的好天氣！我的學生宿舍旁環繞著一條小溪，常有綠頭鴨在溪裡嬉戲，好不愜意。沿著小溪走，旁邊是一大片綠地，這幾天，常有人在草地上野餐、B.B.Q.，甚至身穿比基尼的金髮辣媽也推著嬰兒車來這曬太陽。

這個星期對我來說是空閒的一星期，整個星期只有一堂課，於是我興起了一個念頭，去野餐吧！因為是一時興起，加上其他同學剛好都有報告要做，最後成行的只有我跟德國同學——Pit，一個很妙的德國人！記得第一堂課，我恰巧坐在他旁邊，他拿起我中文操作介面的手機，在手機裡留下他剛理好的龐克頭新造型，還把自拍照片設定成手機桌面，後來我才知道他不僅在我的中文介面的手機留下倩影，甚至是墨西哥同學的西班牙文介面手機、義大利同學的義大利文介面手機都有他的佳作，後來我們變成不錯的朋友。

我準備了道地的「挪威食物」，在麵餅皮上塗上cream cheese，放上煙燻鮭魚及生菜，再把麵餅皮捲起，一道清爽可口的挪威菜就完成了！我們在草地上鋪上野餐布，脫了鞋子，開始野餐，Pit從大背包裡拿出他準備的食物，哈！煙燻鮭魚，我想是因為宿舍旁的ICA（挪威的連鎖超市）剛好在特價的關係，所以我們很有默契的都準備了煙燻鮭魚做為野餐的主角。另外他還準備了麵包、cheese、cream cheese、奶油、小黃瓜，加上我的綜合果汁，棒極了！野餐從六點一直到九點，我們在冒著一簇簇小花的野餐布上，笑鬧、嬉戲，聊不同的人生觀、聊挪威、聊德國、也聊台灣，聊歐洲文化與亞洲文化，也對往來的路人開玩笑，是一個很愉快的下午！

隨著夏天的到來，白晝開始變長。六月天裡，即使是半夜十二點，天空卻像是水墨畫裡漾著水的淡彩，在

「快樂」對挪威人來說是很簡單，只要天氣好就行了！但在台灣，我沒辦法回答這問題。

極深的海軍藍下透著些許陰鬱的白光。沉寂了一個冬天的人們，見到和煦的陽光總會探出頭來，無不手足舞蹈的迎接夏日的到來。

「快樂」，對挪威人來說很簡單，只要天氣好就行了！「在台灣，我快樂嗎？」我這樣問自己，答案不置可否，應該說，我沒有不開心，但離真正的快樂卻還有一段距離，我大聲的笑，用力的笑，但是我卻發現那不是發自內心的快樂！突然，有一種感慨，在台灣，我們的物質生活太豐富了，讓我們變得很難滿足，常常我們忽略精神層面的生活，變得很難擁有真正的快樂；尤其是在台北，我發現，在台北的日子，常覺得有一種無形的壓力！是「競爭」吧！連走在路上都覺得大家在比較些什麼！在挪威，全年有一半是在白雪中度過，所以簡單的陽光都可以逗得挪威人開心大笑！「知足常樂」倒是很適合套用在挪威人身上！奧斯陸雖然是挪威的首都，但卻不是非常擁擠，相對的，以愛好自然出名的挪威人保留了許多綠地在城市裡。

在挪威，我有了人生很多的第一次，第一次滑雪、第一次坐雪橇、第一次看極光、峽灣……這一切的一切，要從交換學生的甄試開始說起。很多人問我，為什麼要到挪威當交換學生，為什麼把挪威列在申請志願序的第一位，其實我的理由很簡單，比起美國，精緻的歐洲歷史文化更令我嚮往；比起浪漫的義大利與法國，挪威的簡單淳樸更叫我醉心；比起熱情奔放的西班牙，挪威的恬靜才是我遠走的動力。於是，我踏上了一趟我人生中重要難忘的旅程，維京海盜的國度——挪威。

瑞典

內斂誠懇的北歐國度

Sweden

陳浩輔
台大財金系→瑞典斯德哥爾摩大學

如果要我用一句話介紹瑞典，我會說，瑞典之於歐洲，就像日本之於亞洲！瑞典人的性格內斂而誠懇，瑞典人的生活文化簡單大方卻又屢見巧思，再從外在的流行品味和設計來看，在這如此遙遠的國度，卻有著讓我熟悉的感覺。

異國生活初體驗

那是一個悠閒的午後，至少從圖書館前草坪上談天說笑的同學們臉上看來是如此。我試圖感染箇中滋味，約了三五好友帶著零食來到總圖前，準備了一罐香檳，我想，無論今天校內交換學生放榜的結果如何，至少，我要為我準備了數個月來的付出，DIY一個開心的句點。

看到榜單公布的瞬間，我彷彿重拾了三年前大學放榜後的興奮心情，很幸運地，未來一年聽說像夢一般美妙的很不真實的交換生活，將如我所願地在瑞典首都斯德哥爾摩上演！

決定要去哪交換的確很辛苦。漫長的考慮和掙扎中，由於考量到我曾經到美國暑期工讀、自助旅行，對我來說，美加相對於歐洲並不是那麼新鮮。加上，我特別安排在大學第五年去交換，為的並不是在專業技能上精進突破，而是希望能帶著一個沒有課業的包袱的學生的身分，在這麼一個多元種族與宗教信仰並存，同時交織著千年歷史以來彼此的愛恨情仇的歐洲地區，拓展自己的視野。

在歐洲各國當中，北歐好像又多披了一層神祕面紗，在朦朧中看著北歐政府的福利制度、居民性格、長相外貌、生活態度或歷史文化背景，斯堪地納維亞似乎有著自己的故事。常常聽到有人說：感覺好北歐喔！的確，對多數人來說，「北歐」是一個模糊的形容詞，但每個人心中對於這個形容詞所

幻想的畫面卻可能大相逕庭。這股莫名的神祕感不僅讓亞洲人摸不清頭緒，連歐洲人對北歐地區也滿懷不同的幻想。我曾經向幾位歐洲朋友徵詢前往北歐的意見，他們總回答：「Wow! Sweden!! I don't think I know more than you do…」正因此，更激發了我長驅直入一探究竟的好奇心。

與瑞典的第一次接觸

從來沒有離開台灣這麼久，林林總總的行李花了我好幾個月，從冬天就開始採購防寒大衣、不時緊盯台幣對瑞典幣匯率，分批加碼，甚至為了避免被老外理髮師剪成一百零一號髮型——飛機頭，我不但自備打薄剪刀，還數次帶著打薄剪刀到hair salon請造型師教我剪頭髮，口傳剪髮要訣。到離開台灣前一刻，我狠狠check-in了五十公斤的行李，展翅高飛！

印象非常深刻，第一天抵達斯德哥爾摩，走進航廈，拖著隨身行李竟然悄然無聲，整個航廈都是木製地板，一過海關就是免費的咖啡吧台歡迎疲累的旅客，整個機場設計別於之前轉機時壯觀而現代化的曼谷機場，這裡的裝潢非常舒服簡單而居家。宜人的氣氛伴著輕鬆雀躍的心情，我在排隊通過海關的同時，遇到三位同樣前來瑞典交換的台灣學生，第一次體驗到那種同在異鄉為異客、一拍即合的友情，短暫三十分鐘的交談，隨即蔓延發展出不同城市間，一整年融洽密切的友誼。

這種在異地求學，或是旅遊途中所交的朋友，雖然相處的時間不多，彼此的認識也不見得很深，但卻往往有這麼一種像是沾了水的吸盤一般的神力，把彼此的心緊緊貼在一起。還記得後來到西班牙旅遊，約了才沒幾個月不見的學長當地陪，即使在台灣跟學長之間的並沒有太多私交，但一見面就是感動的一個大擁抱，彷佛多年失散的兄弟。

Hörsal 2

Referenslitteratur

IKEA展示屋無所不在

第一天抵達瑞典時，是個晴朗的八月天，我拖著數十公斤的行李，每五十公尺就要休息一次，即使事先已經打聽好前往學校宿舍的交通方式，但映入眼簾那熟悉英文字母卻排列著陌生的組合，處處的瑞典語標示讓我跑了不少冤枉路。數個鐘頭後，我終於來到學校的Housing Office，準備領取宿舍的鑰匙。第一次與Stockholm University的接觸，老實說有點失望，校園建築不比台大椰林大道上古色古香的紅磚屋，也沒有超乎想像的現代化外觀。不過，一走進學校大樓，雙層挑高的長廊，搭配紅色、綠色、黃色系列的開放討論式木製桌椅和大吊燈，鵝黃的燈泡、木製的室內裝潢、高彩度的燈罩和佈告欄，彷彿來到了IKEA的展示房間，如果我沒有努力說服我自己這是間學校，我會馬上上前尋找那盞吊燈的標價牌去！走在室內感覺很舒服，路經行政人員的辦公室，整片落地窗的採光看起來好奢侈。不過，對於有永夜之虞的北歐國家，光線的多寡深深牽動心情的起伏。

還有，室內的咖啡廳或便利商店幾乎進駐每棟建築，瑞典人每人平均飲用咖啡的數量為全世界第二高，我學的第一句瑞典語正是所謂的下午茶「Fika」！兩片餅乾加一杯咖啡正是典型的學生下午茶。尤其在學校沒有打鐘這種制度，每個教授或每堂課幾乎都有他特別的上下課時間，下午的課教授也需要來點Fika補充一下體力，常常中間下課個半小時才繼續下一堂課。千萬不要覺得瑞典的學生看似散漫，我必須要告訴大家，有一點讓我非常驚訝的是，一年以來，我沒有在任何一堂課看見任何一個瑞典學生在課堂上打瞌睡！這也難怪我一個在日本交換學生的瑞典朋友，向我提到，他實在是對日本電車上睡得東倒西歪的通勤族深感不解。

異國生活大不同

斯德哥爾摩 Stockholm

斯德哥爾摩是瑞典的首都，且是最大的城市，位於瑞典中部東岸，是政治、經濟、教育、文化、流行的重鎮。大斯德哥爾摩地區由數百個島嶼組成，波羅的海內海貫穿小島之間，俯拾即是的海景及建築映照在海面上的景致令人驚豔。整個城市有北方威尼斯的美名，在歐洲大陸及北歐各國的城市中獨樹一格。尤其在每一個晴朗的夏日，海上總是點綴著密密麻麻的私人遊艇、帆船、渡輪，有些是前往在某個小島的夏日小屋途中，有些就直接拋了錨停在海中央曬太陽、喝酒閒聊。親眼看到如此景象後再回去欣賞宮崎駿多年前以斯德哥爾摩為故事場景的「魔女宅急便」，就會深刻意會到原來自己早已生活在「魔法的世界」。最難能可貴的是，這些對我來說看似妄想、奢侈的戶外活動，在這裡不是有錢人或有閒人的專利，是全民生活的一部分！我還記得我第一次看到市中心地圖時，就在最熱鬧的市區旁邊海面，竟然就有好幾處「允許游泳」的圖示大大印在圖上，而且就在捷運經過的橋邊，橋低低的，是可以看到車裡的旅客對你微笑的那種距離。

宿舍生活

SU主要校區離市中心搭地鐵有四站的距離，來往校區和市中心約十分鐘，包括大學本身與市中心皆屬於全球第一座城市國家公園境內。大部分在SU就讀的亞洲交換生都有幸住在離校本部步行五分鐘遠的學生宿舍區。我必須說，我拜訪了好多在歐洲各地交換的朋友，我還是覺得我在斯德哥爾摩的宿舍是環境最棒、最適合交換學生生活、價格也最合理的宿舍了。

我們這個宿舍區是在一個島的邊緣，我們的後院就是整片森林，是可以隨地採莓採磨菇的原始世界。我喜歡走進森林，走到靠近海的崖邊，鳥瞰下

方帆船、快艇熙來攘往的海面和遠方的小島，藍藍的天映照藍藍的海，坐在岩石上，好不享受。宿舍區的西側是私人船舶停靠的港口，東側有湖泊和小海灘，海灘區是夏天大家的集散地，讀書、日光浴、游泳、烤肉都在這裡。還記得有一次我在湖邊念書，板凳旁邊坐著一位仗著大型望遠鏡在賞鳥的老爺爺；夏秋之際，和朋友在森林裡，大啖滿地的野生小藍莓解饞；在港口看著私人帆船在海面載浮載沉，那艘正是我同班同學自己存錢買的；看著學校體育館旁的草原天天有牛群前來吃草……我常常覺得好像活在夢中一般悠閒地不切實際，但一切卻又那麼真實。有時候，我會擔心這種奢侈的優閒竟漸漸被我視為理所當然，因為我知道，除了瑞典，真的很難找到這麼一個與大自然緊密結合的首都了。

而在此同時，瑞典卻又是這麼一個以通信業（Ericsson）、汽車工業（Volvo、Saab、Scania）、拼裝家具（IKEA）、流行服飾（H&M）、室內設計、水晶玻璃（Kosda bota、Orrefor）和音樂王國（ABBA）著名的高福利國家！

我住的區域叫做Stora Lappkärrsberget，有數千名學生住在這個區域，其中約有一千五百名的交換學生與其他瑞典當地學生混居。住在這最棒的是，通常每棟每層樓有十一戶，每個人擁有單人房和私人衛浴，但與另外十個人共用客廳和廚房，而這十個人中大約會有三分之一瑞典人和三分之二國際學生，大家幾乎天天見面，可以說是文化交流學習最棒的機會。即使每個人都有自己的生活空間，但三餐時間大家總會陸陸續續在廚房碰面，妙的是，廚房幾乎永遠不會塞車，不同國家的朋友有不同的用餐時間，從五點左右華人開始備料燒菜、六點準時用餐的瑞典人緊接在後，直到八、九點才會看到義大利人、西班牙人緩緩走進廚房。沒隔多久，大夥兒又會一起在午夜前在客

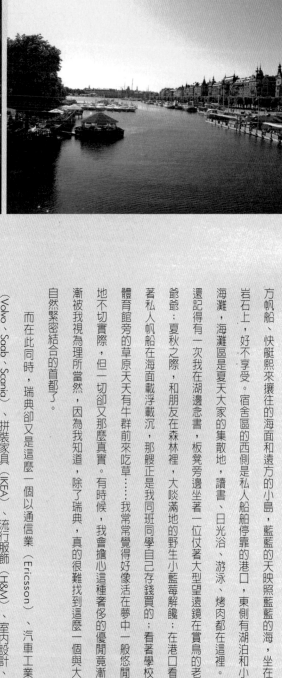

廳現身，小酌、閒聊、嗑消夜……

「恩……這道菜是台灣特有的三杯雞，所謂的三杯，就是用一杯醬油、一杯麻油、一杯米酒作為調料所燒出來的。搭配有台式parsley之稱的九層塔和薑片，中和油膩的口感、添增香氣。再來，我手上這杯叫做金門高粱，可說是台灣土產、酒精濃度更勝瑞典Absolute Vodka的蒸餾烈酒，由高粱提煉而成，別於無味的伏特加，從嗅覺到味覺都能品嘗出不同的香味體驗……」

出國前，我常常做著如此Kitchen Hero般的白日夢。為了能在Party上能增加自己的曝光度，出國前就開始瘋狂惡補做菜實力、訓練酒量……

後來，Kitchen Hero的策略果然奏效，從水煎包、鹽酥雞、煎餃、水餃、餛飩、蘿蔔糕、珍珠奶茶等，到各式台菜料理，在一次又一次一人準備一道菜的那些Pot Luck Party中，讓外國人一次又一次驚艷。尤其在我們幾個台灣人聯合舉辦的Chinese New Year Party時，達到人氣的高峰，七、八十位外國朋友把家裡廚房客廳擠得水洩不通！

我的corridor住了瑞典人、愛沙尼亞人、荷蘭人、西班牙人、德國人、澳洲人、新加坡人和中國人。我最喜歡大家一起在廚房煮飯的感覺，彼此打鬧互相關心，還可以交流廚藝，由於有一半的人都是交換生，在客廳的各式主題party幾乎每週上演，有時候有幸受邀到別的朋友家的corridor party去，又會認識另一群新朋友。很多人不喜歡共用廚房的原因，可能是在眾多不同生活習慣的人的使用下，廚房的清潔很難維持。我很慶幸我的樓友都是很講理很能自律的人，我也覺得這是一個不同文化不同背景的朋友們面對問題，不失為一個相互認識、互相溝通的好機會。

瑞典生活大不同

關於北歐永晝永夜的經驗，我從前就聽說永夜間接助長了北歐地區人民相對高的自殺率與憂鬱症傳聞，直到我真正在當地生活後，才有了進一步的體會。斯德哥爾摩因為不位在北極圈內，冬天不致有二十四小時的永夜，在Lucia Day的慶典後象徵漫漫長夜的來臨，冬日的太陽在下午兩點左右就下山了。才剛起床、用過brunch的我，甚麼事都還沒做，真的覺得一天好像就這麼過去了，無形中，出門上學、逛街的興致和精力耗損大半。也因此，瑞典很重視居家燈飾的擺設，怎麼樣才能讓燈光重燃一天的活力，是一大挑戰。從日照的長短就可以感受到四季的更替，我只記得，有一天，我和朋友們凌晨兩三點從club離開，赫然發現天色竟然已經泛白，從那時候我才體會到夏天已經來臨。由此可見，除了冬天需要室內燈光補強，夏天也需要厚實的窗簾營造黑夜，溫馨的室內布置隨之而來。瑞典人非常珍惜有陽光的日子，當夏天來臨時，他們絕不容錯過任何在沐浴夏陽的機會，先是在一年日照最長那天舉辦仲夏節慶祝活動，接下來夏季烤肉的活動就在我窗外天天上演，沒有學生會去圖書館念書，大家都拎著課本來到海邊、湖邊。

走在斯德哥爾摩的街頭，除了打扮亮麗、金髮碧眼的當地人外，無法忽略的是街角巨無霸的娃娃車們，瑞典人相信就要讓他們的孩子接觸這個社會的嘈雜、惡劣的天氣，健健康康長大不是唯一的目標，讓孩子及早融入這個世界才是最迫切的。另外，街上不時還可以看到排著整齊隊伍、穿著反光衣的小朋友們，一整排的隊伍不只有一兩個老師帶隊，而是一個老師牽兩個小朋友，充沛的師生比例可以看出瑞典對於「人」完善而貼心的照顧。這方面的照顧不僅在軟硬體設施上有完整的福利，瑞典人從出生到老，在經濟層面也都有一定的保障。像是我的瑞典同學們，他們不僅不需要付學費，政府最多可以提供每個人每月台幣三萬五千元的資助，除了其中約台幣一萬元為免償還的零用金外，其餘的可以以非常低的利率於畢業後按期償還。

木造帆船

你可曾想過，一艘如同電影中神鬼奇航中那樣的木造帆船——「新哥德堡號」，為了紀念十九世紀以來中國與瑞典之間的海上通商盛況，從一九九五年起，四千名工匠歷時十年，耗資三千萬美元完全按照十八世紀的造船技術和原料重建了哥德堡號（十八世紀當時瑞典最豪華的超級商船之一）。二○○五年十月二日，新哥德堡號重遊兩百六十年前的「海上絲綢之路」，並於二○○六年七月十八日抵達中國廣州。在長達十個月的航程中，我一個熱愛航行的瑞典朋友也在船上，她跟我分享身為水手的生活，甚至帶我參觀她目前在斯德哥爾摩市區一艘船上租的一間空屋，第一次聽說有人在船上像租公寓一般租了一間套房，真讓我大開眼界。

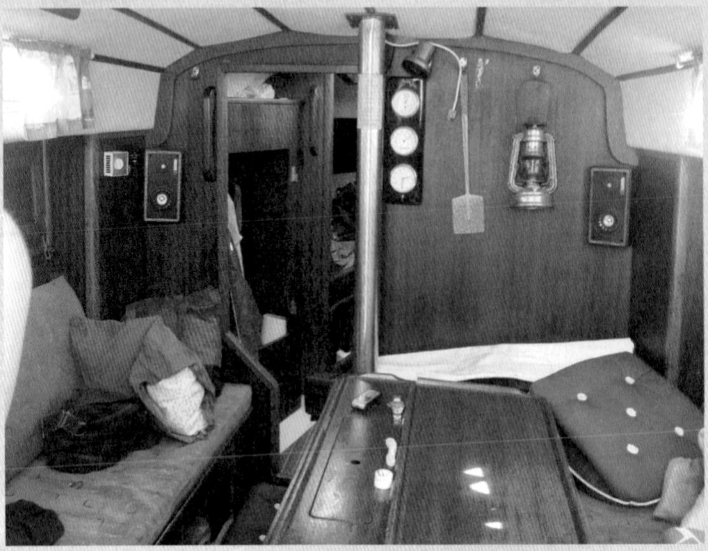

異國學習大不同。

Stockholm的學習環境

Stockholm University適合交換生就讀的科系幾乎都屬社會科學領域，這是因為其實斯德哥爾摩另外還有一間理工專業的最高學府：KTH（Royal Institute of Technology），以及醫學界翹首：Karolinska，這兩間學校跟台灣目前都沒有任何交換計畫，但KTH每年仍接收數百名國際交換學生前來就讀，走在斯德哥爾摩的街頭，國際學生不是在KTH就讀就是SU了。所以，如果理工背景的同學希望能到Stockholm交換，除了SU提供少數的課程外，或許也能在KTH旁聽到為數眾多的英語課程。

另外，Stockholm還有一間經濟學院：SSE（Stockholm School of Economics）。就大學分發的條件上它是瑞典最好的商學院，但這間學校沒有校區，是只有一棟樓的專業學院。就我所知，政治大學商學院每學期與該校有一個交換名額。對商學背景的同學來說，不妨可以到該校旁聽，他們有非常多特別而深入的課程，像是壓力管理、各個區域性經濟環境介紹，如中國與台灣關係、東歐……等，老實說，比起SU商學院的課程要活潑且紮實許多。當然學生的素質也非常頂尖。還記得我有一個目前在SSE就讀的瑞典朋友，有一次向我抱怨，他高中畢業第一年考SSE時，成績只有99分，所以他第一年大學在SU就讀，第二年再報考一次，拿了整整一百分才得以入學。

課程安排與設計

對交換生來說，由於總是希望能課業、課外活動、旅遊兼顧，所以課程的安排格外重要，SU各科系之間有不同的課程體系，絕對需要列入考慮。例如，商學院把一學期分成四個term，每個term是一個月，每個term就上完一門與台灣上一學期相同份量的課程，所以課會非常密集，在台灣是一星期一次、一次三小時的課，在當地則是一星期三到四次。而以SU的學制，目前採用歐盟普遍的ETCS制，一般每門課的份量為七．五或十五個ETCS學分，在SU，Full Time Study是一學期修三十學分，所以如果你們像我一樣策略性地在某兩個月拚命修了三門課，就會空出兩個月完全沒負擔地在歐洲旅行！也許你們已經可以想見，在SU所謂lecture的時數其實很少，即使已經達到Full Time Study，每星期也只有二十多小時的課。如此的制度，是希望學生能自己多花時間自修、消化所學，同時，在這種自由時間充裕的生活中，學習安排有品質的生活也是大學生一門重要的課程。

SU對於學生選課非常重視，他們希望每個學生都能在選課前謹慎考慮，並且對自己所選的課負責。到了當地，一開學，就要與系辦公室的mentor約時間一對一面談。他們會問你為什麼想修這門課，會告訴你這門課的內容與你的想像有何差異，讓你自行判斷是否修課。同時，更不可思議的是，如果在學期中，學生突然改變心意，可以隨時退選該課程，而且成績單上不會有任何紀錄，純粹就是你得不到該學分。更精確的說，其實連退選的手續都免了，因為所有的考試基本上都需要上網登記報名，如果學生忘了報名或是沒去報名，就好比退選一樣，不會有成績的。一念間的轉變，讓一切就好像夢醒後什麼也沒發生過似的！可見就制度面來看，瑞典的教育已經把大學生

看成一個成熟能負責任的個人，對於學生自我的學習規劃給予最大的自由空間。學校好比只是輔助學生成長上的一個組織，它會訂出最符合一般人的學習進度標竿，但真正靈活運用時間、作選擇的還是自己，它們相信教育是輔助學子自我摸索的過程。這種體制上的自由，讓人佩服又羨慕。

所有的考試不是在一般教室舉行，是在考試專用教室。考試教室的佈置為一平面教室，每個考生有一張比全開紙張還大的桌子，桌子與桌子間的距離約100cm，個人應考空間充裕。包包必須放在特別的空間，只允許帶作答文具和證件，一般考試的時間都會訂得很長，三到五小時都可能，在這樣的安排下，考場允許帶食物進場，所以常可以看到瑞典學生一邊吃香蕉一邊作答，加上考場地面多半鋪有地毯，很多人包括監考人員都會脫鞋子，只穿襪子，舒舒服服輕輕鬆鬆地應考。甚至，有一次我參加一門討論瑞典的經濟模型的考試，考試時間五小時，只有一題題目，教授希望學生能在時間內發表約十頁的essay，考試方式非常新穎。當時考了約兩個小時，前方的考官批哩啪啦說了一串瑞典文，我還來不及反應，就看大家紛紛站起了身，回頭翻包包。我心想，完蛋了，考試不會提前結束吧？後來才發現原來現在是吸菸時間，主考官會帶著同學到一個小房間，大家在不交談的原則下可以解解菸癮抒發壓力。由此可見，在瑞典考試氣氛不但輕鬆，學習更是一件快樂的享受，今天沒弄懂，下次再來，不會有人用異樣的眼光看你，學制上也不會有任何對你不利的紀錄。去年商業周刊曾有系列報導指出，丹麥人是全世界最快樂的人民，其實以教育、生活體制上來看，丹麥與瑞典並無太大不同，由此，或許不難體會在這邊快樂學習的原因。

Travel plan

帶著背包旅行去

北極圈之旅

很多人以為到了北歐，應該就離北極不遠了，但其實從斯德哥爾摩到北極圈還需搭個十七小時的火車。衝著一睹北極光的風采，我硬是挺著寒風在十二月來到北瑞典位於北極圈內的大城—Kiruna。

在這裡，我第一次嘗試了狗拉雪橇，三個人坐在雪橇上，由當地原住民Sami人駕駛著十隻哈士奇，在一望無際的茫茫雪地中，毫無預期地彈跳滑過顛簸的雪地。狗雪橇速度不快，若要比起雪上摩托車，我當時以時速將近一百飛馳在結冰的湖面上的瀟灑，那才叫刺激暢快。

而在這趟冒險的北極圈之旅中，最讓我感動的是參觀了每年都會重建的Ice Hotel。整座旅館由冰雕而成，瑞典當局每年招募來自世界各地的設計師，設計出一間一間具有不同國家風情的房間，從酒吧、櫃台，到大廳、廁所，所有的冰塊取自於當地冬季結冰的河川，冰塊毫不加彩繪，原因是每年春天整間旅館會隨著氣溫上升融化，冰塊回歸大自然的同時才會絕無汙染。高明的建築技術搭配與大自然合而為一的思維，正是瑞典生活哲學的寫照。後來，導覽員更語出驚人地與我們分享，他說來到Ice Hotel的房客，住過後，最不能適應的其實不是低溫的環境，而是隔音絕佳的冰塊所帶來別於一般喧囂生活的靜謐。

私人帆船出海去

看看著夏日繁忙的海上交通，我何嘗不想跳上一艘帆船徜徉而去。一個難得的機會，我的一位瑞典室友向他爸爸借了帆船，我們約了一行人便展開了三天的海上流浪。

駕駛帆船乃是一大學問，從閱讀航海地圖、備妥存糧和飲用水、熟悉海上交通規則、正確判定海流和風向，到急難自救與求救技巧等等，都各有學問。還好我們有專業的瑞典水手領航，而我們幾個無用的跟班，就只能貢獻微薄的勞力專責拉帆的工作。但看似浪漫優雅的帆船，其實不如那些會對海水造成汙染的燃油遊艇般瀟脫，拉帆的工作實在非常費力。由於船行的方向不一定永遠順風，原本直線的路程，我們可能要以W字型的軌跡曲折移動，左右反覆轉向之間，丟繩放帆、拉繩收帆的辛苦，馬上反應在我手上的硬繭。

還記得我們當初順手指了地圖上的某個小島，計算過風向和距離之後，就浩浩蕩蕩地出發了。一路上大家飲酒作樂，似乎沒有酒駕的疑慮……三不五時還可以和平行前進的其他船隻隔空喊話。通常我們會在日落前將船停靠在一座小島，然後大夥上岸在荒蕪的小島中探索。晚上，我們在前人駐紮過的地方生火取暖，反覆著整趟奇幻之旅把酒言歡的行程。

我的瑞典朋友說，帆船活動之所以在斯德哥爾摩盛行，是因為外海有著成千上萬個耐人尋味的小島，每個島嶼有不同的景致，別於在茫茫大海中航行時的乏味，再加上，航行的過程能與大自然的風、水緊密結合，如何和「固執」的風、水交朋友，絕對是一大挑戰，但同時也是親近大自然最暢快的方式。

蓋房子

瑞典人的生活非常單純而愜意，朝九晚四的工作時間讓人羨慕。而愛家的瑞典人很少外食，大部分的空閒時間和假日都在家與家人度過，至於要shopping的話，購物中心也早早就關門。於是，好奇的我曾經問當地人，到底，瑞典人有甚麼可以殺時間的嗜好呢？沒想到，我得到的答案竟然是：蓋房子！

我後來想想，瑞典畢竟是拼裝家具公司IKEA的發源地，而北歐國家蘊含著豐富的林木資源，唾手可得的材料，加上凡事喜歡親自動手做的瑞典人，常常會在荒島或荒野購置度假小屋，儘管這樣的嗜好看似匪夷所思，似乎也有其道理。

在回台灣前一個月，我剛好有一位瑞典朋友剛買了一棟年久失修的木造度假小屋，他以無給薪，但提供吃住的條件，招募了我和另外兩位分別來自英國和波蘭的年輕人，一同加入房屋改建的行列。

小屋位在離斯德哥爾摩約兩小時車程的小村莊，方圓一公里內沒有其他住家。我們第一次到小屋時，那裡沒有水也沒有電，主人只留了一台Saab二十年的古董老車和一個大鐵爐及無數施工工具給我們。我們白天工作，熟悉蓋房子的瑞典老爺爺（朋友的父親）親自前來指導我們施工，而老奶奶則會帶些餐盒前來讓我們裹腹。由於是自用的小屋，完工之期沒有明確目標，大家在輕鬆的氣氛中合作，趁著老爺爺老奶奶回家後偷溜到附近的海邊玩水、洗澡、野餐，晚上砍一些木塊，大家圍著大鐵爐生火取暖，聽著霹霹碰碰的木頭燃燒聲音，一發呆就是一個小時，生活的步調非常慢，趨近於原始的生活，我想我這輩子大概就領教這麼一次就夠了。

Nobel Prize Night Party

每年十二月十日是諾貝爾獎頒獎典禮，頒獎典禮在斯德哥爾摩市政廳舉行，當天晚上在市政廳的藍廳會有宴請諾貝爾獎得主與相關組織、學者的晚宴。諾貝爾獎的系列活動，在晚宴之後，約從晚上十一點到隔日清晨四點會有由瑞德哥爾摩四間大學每年輪流主辦的Nobel NightCap Party，這個Party一樣是辦給諾貝爾獎得主與相關組織學者，同時也會有大量當地學生受邀參加，在難得頂尖學者齊聚一堂的時機，安排一個非正式的活動，讓彼此有進一步交流切磋的機會。

今年，很巧，這個活動剛好輪到SU主辦，我也很幸運地成為工作人員之一。我的工作是會場接待員，所以有幸與諸位諾貝爾獎得主和他們的家人朋友有一面之緣，也意外發現，其實他們別於我想像中那樣學院派的學者，都相當和藹可親、平易近人。參加過這個活動後，我其實對諾貝爾獎有了一番新的認識。

每年在頒獎典禮之前，這些應屆得主會在斯德哥爾摩各大學進行巡迴演講，分享他們傑出的學術表現，如果錯過演講的人，在諾貝爾委員會的網站上也可以收看錄影。對當地人來說，每年十二月就好像諾貝爾嘉年華一樣，各式活動在在就是要人們對科學、文學、經濟等領域融入民眾的生活。由此可以深刻感受到，諾貝爾獎本身不僅是鼓勵學者做突破性的研究，更如同鎂光燈般讓人們對當代知識聚焦目光，把知識放大，讓每個人都能享受、意識到人類知識的結晶。我聽說，諾貝爾獎委員會在評比每年的得獎人時，除了評估得獎者在研究成果是否為一代翹楚，更考慮到得獎者是否能成為廣播新知的代言人。

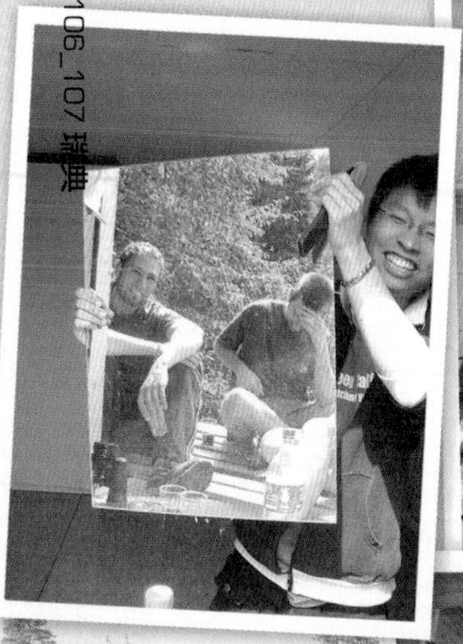

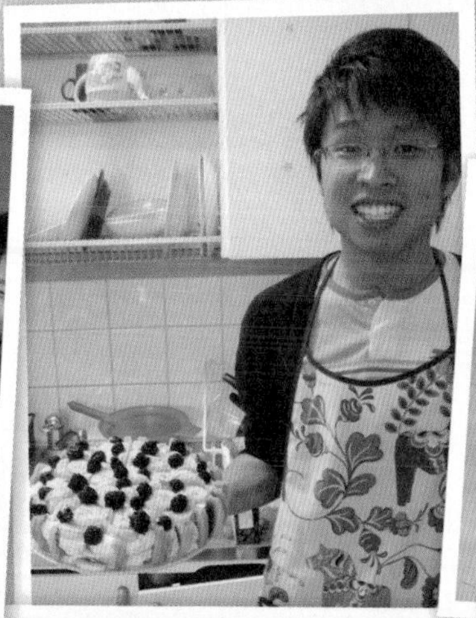

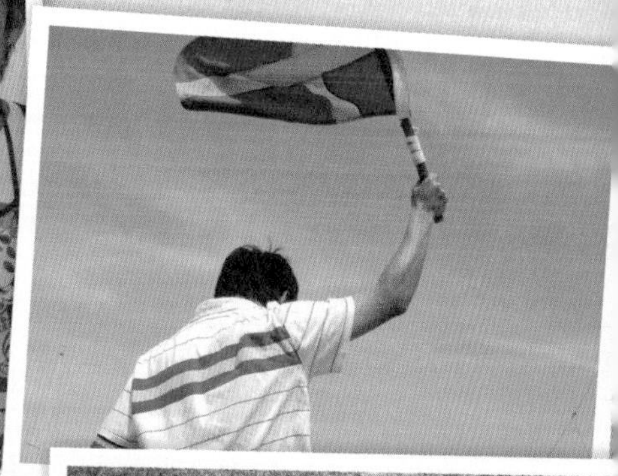

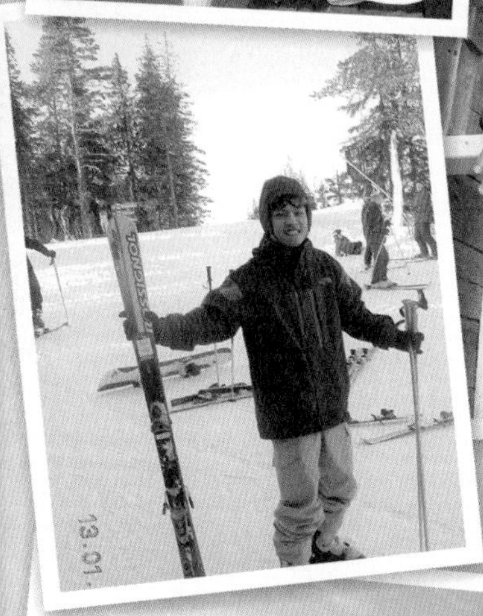

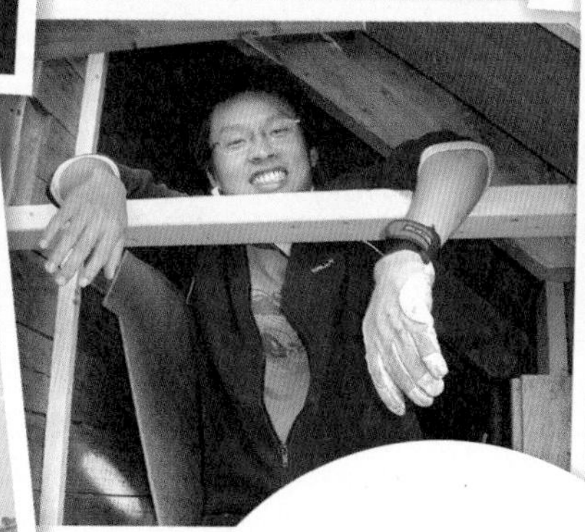

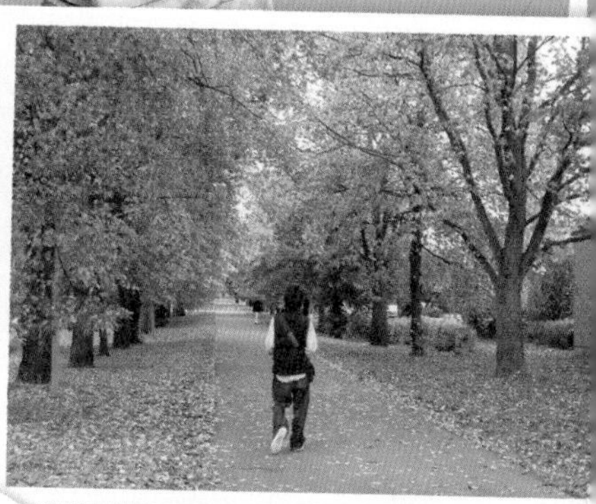

瑞典，北歐味

在瑞典當交換學生的日子，
我將「北歐」這個抽象的概念，
用食衣住行育樂，
在生活中每天親自體驗。

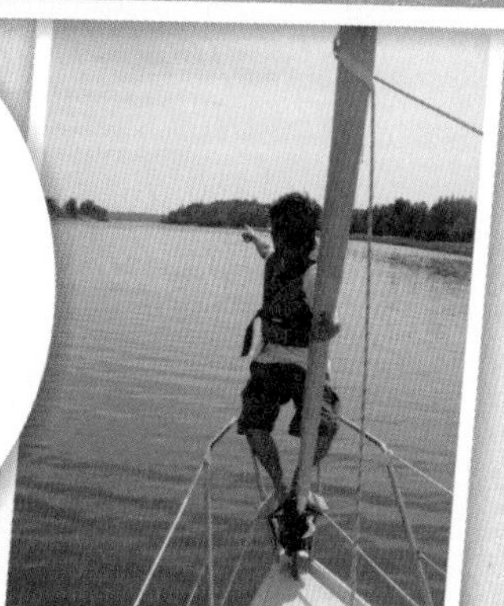

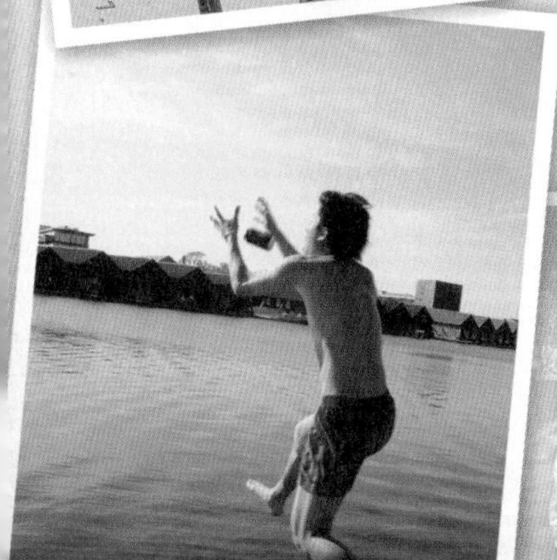

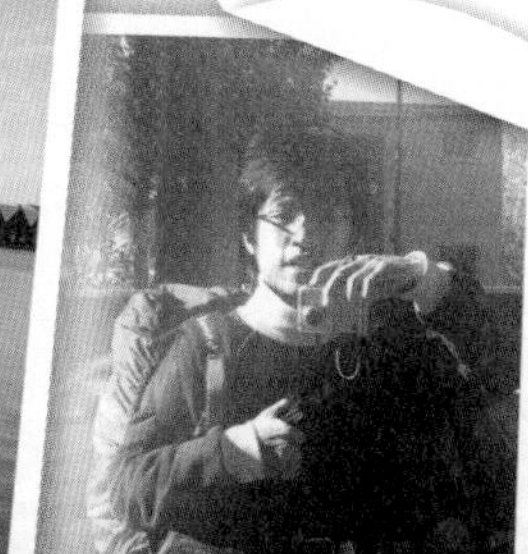

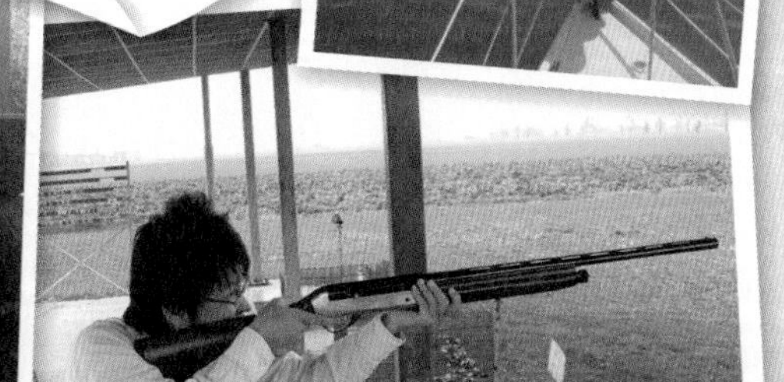

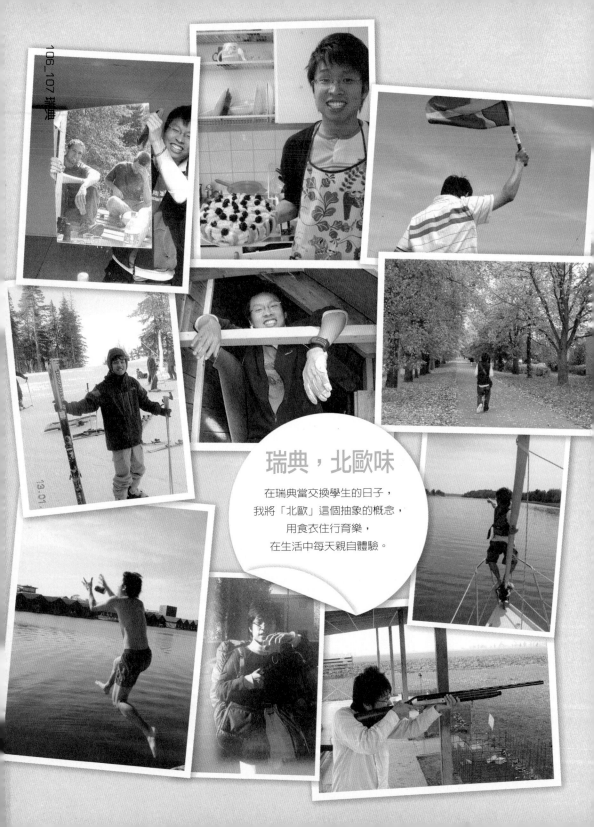

從踏上Arlanda機場那一刻起，我彷彿踏進了人生中見過最陽春的一間空屋，未來的一年，我必須像是個設計師般精心規畫自己的生活，在白牆上塗上回憶的油漆、在屋中擺滿心情的裝飾。自由，是身為一個交換學生最大的樂趣，因為有太多太多不可思議的可能等著你。當然，在我人生中最空白的這一頁，我常煩惱著不知該從何著墨、擔心我的故事不夠精采，不過，也許正是這股擔憂，讓我更用心經營我的交換生活，也讓我赫然發現了自己安排生活不凡的魔力。還有，交換生活最棒的部分，就是生活周遭剛好聚集了與我一樣，都是來到此地築夢的同路人，同樣有著寬闊的心胸，同樣對彼此的不同深感好奇，而且我們都用心過著每一天，珍惜與朋友在一起的每一分每一秒，因為我們都知道，很可能未來一輩子也不會再見面了。這種感覺就好像半夜即將在美夢中驚醒的最後十秒鐘，半夢半醒之間恨不得要記住所有的場景，小解過後還想繼續夢下去一樣。我的生活，不停地有新朋友的加入，我想，與來自不同國境、出身不同背景的朋友身上所看到的、所聽到的，以及彼此間的感情，應該是我一年來最大的成長泉源和收穫，也可能是我從交換學生計畫後所能陪我走最遠的一份經驗和感動。

我難以忘懷那次有如聯合國般組合的西班牙南部之旅，我們一行人，分別來自法國、比利時、德國、芬蘭和台灣，租了一部車，穿梭在兩旁盡是仙人掌的公路、阿拉伯式建築的窄巷；我難以忘懷在前往北極圈內的極光之旅，大陸人願意站在小木屋門口，巴望著無際的天空，不覺數個小時早已逝去，只為了等待極光乍現——因為，嚴格的出國把關，即使經濟能力許可，他們可能一輩子也無法再回到此地，等待北極光。我難以忘懷一次在瑞典國會參訪中，認識了一個來自宏都拉斯的朋友，他一聽說我是來自台灣的學生，就激動地向我表達宏

從來沒想過，朋友前一星期遠從西班牙致電的Party邀約，我竟然能準時赴約。

都拉斯學生對台灣政府獎助的感謝，以致他今天才有辦法前來瑞典交換學生。我難以忘懷從德國布萊梅hitchhike到荷蘭阿姆斯特丹的途中，萍水相逢的德國氣象學家，指著沿路德北和荷蘭的風車，殷切地向我呼籲節能減碳、愛護地球的重要。我難以忘懷一位非常照顧我的比利時阿姨，在我於比利時停留的時間，除了周詳安排我在當地的行程、照料我的三餐，身為一位護理長，日夜在醫院忙得焦頭爛額的她，堅持盡可能陪我用餐，甚至在她執勤的期間，託朋友為我帶來她空閒時準備好的餐盒、點心、水果。她告訴我，她一生最大的目標，就是要讓她身邊的人快樂、幸福。

我自己也從來沒想過，在倫敦讓我寄宿的老朋友竟然同時是印度的皇室成員！跟我一起在哥本哈根湖畔戲水、生營火、大啖cray fish的竟然是西班牙財長的千金！我去拜訪的義大利朋友家中，竟然有一大片自己的橄欖園作為私人庭院！在俄羅斯之旅上朝夕相處的墨西哥朋友，竟然榮獲了今年古典樂界，世界潛力青年作曲家的殊榮！

當然，途中我也認識了不少隻身前往歐洲追夢的台灣留學生，有人到西班牙念藝術、到法國進修點心烘焙、到義大利攻讀時裝設計、到德國學音樂、到瑞典展開商品設計之路……唯有身為一個年輕學生背包客時才有的膽量、在異地對於陌生環境產生的好奇，以及身為一個海外留學生孤單在外那種求友若渴的殷切，讓一次又一次不同文化、不同生活模式、不同價值觀之間的碰撞和激盪，交織我交換學生一年來豐富的生活。

我很慶幸，一年來我走過歐洲大陸數不清的城市，三百六十天中大約有一半的時間是在歐洲其他十五個國家旅遊中度過，每次旅遊，我盡可能拉長停留的時間，想辦法過當地的生活。有時候找旅居歐洲的親友或是台灣的留學生當地陪、也冒險玩過不下十次Couchsurfing，而大部分則是去拜訪住在當地的外國朋友。算一算，一百五十天的旅程住在旅館的日子竟不過十五日！旅行對我來說，不只是重溫歷史、地理課本中提及的故事，親身體驗異國風情，更精采的是，在途中邂逅各式各樣的人，一起旅行、順道拜訪，讓他們的生活與我的生活有了交集，看看別人怎麼過生活，這些故事，一次又一次的驚訝膨脹著渺小的我。

加拿大

友善美好寂靜之地

盧彥彰
台大電機系→加拿大滑鐵盧大學

突然之間，我看到了CN Tower這座世界上最高的無支架建築。這地標比我想像中的要更有意義。它是當地人的驕傲，是搞不清楚東西南北的時候可以充當北極星的指南針，是旅途的起點，也是旅途的終點。

異國生活初體驗

八月三十一日清晨，爸媽陪著我拖著兩大箱行李驅車前往桃園國際機場，這是我第一次拿電子機票，第一次自己一個人通關，搭飛機。中正機場沒有小時候記憶中的那麼大，甚至連名字也不是當初的名字了，很難想像有人不斷的嘗試竄改你從小到大的記憶，而你卻無能為力，於是我們的下一代將開始跟我們有著不同的記憶，使用著不同的語彙，且不管誰的語言較為優雅，較為正確，這真是很奇妙的一件事。讓我想到姊姊在大陸買水果的經驗，水果販們會將小小圓圓的標籤紙貼在水果受傷的地方，試圖讓水果看起來比較完美，只是難以分辨的是改名字這件事，到底是撕掉標籤，還是再貼上一層標籤呢？坑坑疤疤的記憶，讓人連回憶都覺得蹩腳。

站在玻璃落地窗前，離起飛還有半小時。我在登機等候區看著即將載我遠航的西北航空七〇號班機，嶄新的白色機體，在太陽下閃閃發光，我想到國小第一次參加作文比賽，題目關於視力保健，而我就寫我想當飛行員，所以要有良好的視力；當飛行員一直是我嚮往的職業之一，可惜現在的我，視差大到替代役乙等。看了看手表，只剩十五分鐘了，我從椅子上站起來，對自己說：出發了！

經過了將近二十四小時的飛行轉運折磨，坐上巴士的時候我已經奄奄一息，撐著沉重的眼皮，打量著這陌生的城市。突然之間，我看到了CN Tower這座世界上最高的無支架建築，雖然我從來只有耳聞，並未親眼見過，可是當我看到這座塔，我想，就是它了吧！然後我莫名地感到一絲興奮及安心。雖然到現在我還不是很確定，當時疲倦不堪的我看到的是不是CN塔，又或是我井底之蛙的幻覺，總是將自己僅知的名詞冠上眼前的事物，嘗試讓自己熟悉安心的一種愚行。可是我想說的是，這地標比我想像中的要更有意義。它是當地人的驕傲，是搞不清楚東西南北的時候可以充當北極星的指南針，是旅途的起點，也是旅途的終點；因為每次出入這座城市，總會看到這座塔。每每讓我想到，電影裡坐著渡船尋美國夢的人看到自由女神像時，大喊America的電影場景。而此刻的我在經過將近二十四小時的旅程後，看到這世界最高的多倫多地標，也有股同樣的興奮油然而生。

巴士到達滑鐵盧大學的時間是晚間十一點，我撥了電話給Nick。Nick 是我朋友的朋友，說來很複雜，但是似乎每個要出國念書的人，總是可以經由一些很複雜的關係，認識一些貴人。而Nick和Rita就扮演著我的貴人的角色。Rita是我大學同學的國小同學，高中的時候移民到加拿大，現在也在滑鐵盧念書，Nick則是Rita的同學，也是台灣人。因為Nick有車，可以載我熟悉環境跟找房子，而這對初來乍到的我來說，真是再幸運也沒有了。Nick是個很誠懇也很有責任感的人，他載我到了Rita家，因為Rita還要再兩個禮拜才會回學校，所以我就暫住在她家的客廳一個禮拜，一邊找房子。

隔天Nick來載我。九月初，夏天還沒走遠，太陽將這個小城照得熱烘烘的。我緊張的打量這個陌生的城鎮，路邊都是不超過二樓木造的town house，一字排開，每每讓我想到歡樂谷的電影場景。可惜這是現實，而現實並沒有那麼歡樂，因為找房子本來就不是一件容易的事情，而如果又不想多花錢的話，找房子就成了一個妥協的過程。讓我迅速妥協的原因是我們第一個去看的房子。

o open

▶▶▶ Pull to

因為到滑鐵盧的時候，離開學只剩十天，房子大多已經租出去了，根據租屋網站提供的少數的幾個地址，我們在學校步行十五分鐘的地方找到這棟房子。從外表看來雖然稍舊了些，但外圍還有個走廊，看來十分悠閒舒適，在等待房東的那十分鐘裡，我甚至開始想像跟朋友在走廊喝酒聊天的場景。直到姍姍來遲的房東開了房門後，一股惡臭讓我完全從想像中清醒過來，擺滿垃圾的廚房讓人難以與食物做聯想，骯髒的浴室則完全不像是能夠讓人變乾淨的地方。虛應故事地看完房子之後，我對於此地屋況的接受度大大的增加。而即使是這樣的房間，一個月也要一萬多台幣的租金，還不包括水電。

最後我在離學校步行二十分鐘的地方，租下了一間地下室，每月租金一萬四，同樣不包括水電，但因為它是新蓋好的，所以房間相當乾淨，我怕石頭愈撿愈小，也就硬是簽下了。想著要與一扇只能看見路人膝蓋以下的窗戶過剩下的八個月，覺得有點失望。可是至少住的地方有了著落，心裡也覺得踏實了不少。

回到Rita家，跟爸媽通過電話以後，就在客廳的沙發床上睡去，直到凌晨兩三點略帶鄉愁的時差將我喚起。安靜的夜晚讓人分外的清醒，我站在落地窗前，第一次仔細地看著這個小城；因為Rita家是鎮上少見的高樓公寓，所以雖然只是在八樓，也能夠俯視整座城鎮。看著零星的燈火、寂寥的森林、清涼的晚風，太過清醒的我決定拿著地圖去校園走一遭。初次見面，你好，滑鐵盧。

異國生活大不同

西元二〇〇八年十一月六日，滑鐵盧下了冬天的第一場雪，也是我這一生當中第一次看見雪。

那天早上是個很冷的下雨天，可是加拿大人沒有撐傘的習慣，我也入境隨俗地不怕淋濕。進到音樂簡史的教室裡，今天上到的是古典時期與浪漫時期的交界，播放著莫札特以及貝多芬耳熟能詳的交響曲，教授充滿熱情的說著這兩位偉大的音樂家，我有點無聊的看著窗外的雨，還有那一排針葉樹木。我常想，能在這樣的漂亮舒服大教室聽古典音樂與解析，真的是一件很棒的事，可是每次我跟本地學生提到這門課的時候，他們總是露出尷尬的神情，因為他們覺得修這門課太浪費錢了，我雖然很想大聲地撻伐這樣的想法，可是想到他們付著比我們還要高好幾倍的學費，也就不好說什麼。然後我就想到約翰．亞當斯說過的一段話：「我必須研究政治與戰爭，以便我的子代能有研究數學與哲學的自由。我的子代則必須研究數學、哲學、地理學、自然史、造船術、航海術、商業與農業，以賦予他們的子代權利去研究繪畫、詩歌、音樂、建築、雕塑、織繡與陶瓷。」這樣的理想，不知道要什麼時候才會實現呢？也許期待發展藝術的方法，不是培養一個富庶的環境，而是培養人民不怕窮的勇氣。可惜的是，二十世紀以來亞洲人也許還真是窮怕了。所以每每在美加大城市看到衣衫破舊卻充滿熱情的的藝術家，就覺得大城市應如是。不過我扯遠了，要說的是下雪的事。

大約在貝多芬的視力開始變差的時候，雨開始變成白色的，然後下降的速度慢慢變緩，接著就成了滿天飄散的白雪，掛上了樹枝，撲滿草地，我花了好一陣子才確定，這就是雪，我非常興奮，教室裡微微變大的雜音都是在討論這入冬的第一場雪，好不容易捱到下課，走出教室，雪花還是大片大片

地落下，只是剛成冰花不久，一碰到身上就化成水了。我難掩心中的興奮，快步走在校園裡，簡直要跑跳起來，逢人就想大叫，這是我第一次看到雪，看到從小聽到大卻從未見過的事情發生在眼前，有一種，原來我真的住在跟書上一樣的世界裡的感覺。那天晚餐跟兩個香港女生說起這場雪，她們也非常激動，當時她們雖然在圖書館，卻還是大叫著，然後她們的表情就停留在那個滿足的笑臉，我們的對話也突然停下來，我只在心裡想著，那就是雪耶，卻不知道該再說些什麼話。

他們說大雪下不停以後，就不會覺得雪這麼美了。可是我真喜歡暴風雪的夜晚，躲在自己的房間，看窗外停車場的路燈，停車場再過去是一大片草地，於是那盞路燈就顯得特別孤單，黃色的燈光，照著飛雪的輪廓，在那樣的夜晚，我會覺得自己特別矮小，同時想像那片其實什麼也沒有的草地裡，有一群寒冷的狼。大雪最美的地方在於安靜，看著紛亂的雪不斷地覆蓋大地，卻沒有半點聲音，彷彿戰爭片常用的技巧，士兵在猛烈的砲火裡慢動作奔逃，而背景卻一片無聲。這樣無聲的大雪可以下一整夜，直到隔天起來，會發現每一棵樹每一棟房子都沉默被白雪覆蓋，看到這樣的畫面，我只敢輕輕的讚嘆，總覺得要是大聲說話，也許雪就會崩落。

忍受嚴寒最值得的回報就是可以滑雪，在我們學校附近，有一座很小的滑雪場，由於學生的收費低廉，所以我們一群清閒的交換生，只要周末沒事就往滑雪場去，雖然當地學生總是說，It's just a bump，但是這個bump也給我們這些菜鳥很好的練習機會，不然好一點的滑雪場，一天的票就要兩三千元台幣，根本負擔不起。

我的第一次是在藍山（Blue Mountain）雪場，根據當地學生的說法，它只算是個丘陵，因為在他們的眼裡，只有惠斯勒（Whistler）才稱得上是座山。儘管如此，這座丘陵還是讓我覺得美呆了。我們六人住在一個小木屋，說是小木屋，但其實很大，有兩個雙人房的房間，兩間衛浴，一個不小的廚房和一個很大的客廳跟廚房。從客廳的落地窗看出去，就是滑雪的纜車。從陽台跳下去的話，立刻就到滑雪場了。為什麼講到滑雪，卻一直在講這間小木屋，那是因為，我真喜歡六個人一起住。大家輪流做晚餐跟午餐，大家一起喝酒的感覺真好。想到台灣的朋友們也要開始計劃跨年了，說真的不論身在何處，美則美矣，最重要的是，你真會希望旁邊有個瞭解你的人，跟他說：「很美，對吧！」這句話出自「巴黎我愛你」的胖婦人自述，我很喜歡這段自白。

滑雪是很奇妙的一種運動，首先必須先搭上很簡易的纜車（光是練習下纜車而不摔倒這個任務，就可以練習半天了），經過一兩分鐘左右的時間到達山頂，然後再滑下來，然後排隊上纜車，再滑下來，簡單地說，就像成人版的大型溜滑梯，雖然一開始覺得大家不斷循環排隊等纜車上山的這場景有點可笑，可是後來卻覺得，這是滑雪最讓我上癮的部分。如果是一整段不停的滑雪過程，你不會停下來，不會想想你等下要怎麼練習，不會有機會坐上有點危險的纜車，看看很漂亮的風景。這樣的規律節奏，讓人欲罷不能。當然，除此之外，在無數次的摔倒的時候，你還是有機會看著山下，大喘幾口氣，休息一下，看看山下的小村莊。小小的村莊讓人覺得備感溫馨，村莊的東方有一個小小的湖泊，在山腳更遠一點的地方，是安大略湖，部分的湖面也已經結冰了。自從來到北美洲，每次看到碩大的湖泊，我都會瞬間將它誤認成海洋，說來有點糗，我太矮了，看不到湖的邊際，這座滑雪場藍山也不夠高，如果想看到整座湖的輪廓，要爬上哪一座山呢？

禮拜二

每個禮拜二是我事情最多卻遇見最少人的一天，通常因為這一天早上沒有課，所以前一天晚上我常會晚睡。但早上仍是要掙扎的起床，為了要洗衣服。充當鬧鐘的手機在九點鐘響起，我會賴床約十分鐘，然後準備早餐，在台灣的時候，我通常不會自己弄早餐，常常是去外面買，不然就是不吃，可是自從來到這裡，幾乎每天我都會吃早餐。早餐很容易準備；烤土司、牛奶跟穀片，再加一杯優格。吃完早餐，就去宿舍的洗衣部。等待洗衣和烘乾的時間大約一個半小時。我就在洗衣間裡念書，沒有電腦，沒有網路，也沒有其他人。通常這是我最認真的時候了。洗完衣服，回到房間整理整理，又差不多要吃中飯了。如果剛好昨天晚上有剩菜，那現在就方便了，不然我中餐常常就隨便做個三明治。但是很幸運地昨天去一個韓國人家一起做飯，他做了一捲壽司給我，搭配youtube的康熙來了，就是我的中餐。

十二點半準時會有一班公車來到我家門前，但是因為他太準時了，所以我常常會有恃無恐地錯過。下午從一點開始是輕鬆的認識音樂，接著兩點半到四點是Intro CG，接著有一個半小時的空檔。這時候我會看小說，上次看The Acid House的時候，被英文老師看到，英文老師是個很和善的中年婦女，她於是借給我「挪威森林」的英文版。於是就成了我來沒事做時的休閒。說來奇怪，村上春樹的書，從「國境之南」、「世界末日與冷酷異境」，「海邊的卡夫卡」……等等，少說也看了七八部，可是算是最有名的「挪威的森林」我卻遲遲沒有翻開第一頁，總是看到渡邊君告訴空服員說他沒有不舒服之後，就停住了。過了這個悠閒的一小時後，是西班牙文的lab。在lab裡，我們要錄下一些自己編的對話，讀一些故事……等等。雖然不是太困難，可是 lab太安靜了，

反而有股莫名的壓力。就像有時候我不想在圖書館念書，因為它太過安靜反而讓我感到壓力。上完lab已經六點半了，走到公車站牌，今天異常寒冷，公車準時在六點四十五分進站，可是車窗外太黑了，我竟一時不察而多坐了一站，就順道去超市買了一些雜貨。回到家，室友說今天他們有躲避球的對抗賽，然後他說了掰，我說 good luck。因為昨天在用英文網站複習漫畫「獵人」，所以我滿腦子都是壘札跟比司吉，小傑和奇犽等漫畫人物。今天的晚餐是魚香茄子，前幾天做的醉雞，搭配海南雞飯。因為很冷，所以還煮了磨菇洋菜湯。可是在切薑拍蒜的時候，不小心噴了一些在我的毛衣外套上，因為怕之後會有臭味，而我不自主地罵了一聲「幹」。空空的房子裡，我的聲音特別清亮，瞬時間，我突然發覺到，原來如果是一個人生活，大概就是這樣吧！下班後沒有別人的家裡，偶爾煮飯偶爾叫外賣。跟鄰居保持著和諧但不親密的關係。如果有人問起，他們頂多就說：「住在六十九號房的人啊！人不錯，總是很有朝氣的樣子，也不會給任何人添麻煩，是個很好的鄰居喔！」「什麼！他搬走了嗎？什麼時候？」客廳的燈泡壞了一直沒有修，暗暗的房子裡，只有廚房的收音機放著我國中的時候流行的濫情的情歌。一個人的晚餐，這樣算是很豐盛了，只是我常常都吃不飽，一定要再吃一些甜食，上次還因此煮了紅豆紫米粥。開始不斷的做菜，獨自享用，拿去冰再拿去微波加熱的循環過程，就是一個人的生活。

異國學習大不同。

新生訓練的那天，是我第一次在白天走進校園，沒想到第一印象竟是滿地的鳥屎。霸道神氣的加拿大野雁在人行道上橫行；加拿大野雁並不是友善的可愛動物，甚至有攻擊過學生的前科。我一個日本籍的同學，在學校是橄欖球校隊的壯漢，卻也被鼓動翅膀快速逼近的野雁給逼個措手不及。此外，校園偶而還會出現臭鼬，松鼠更是隨處可見，冬天的時候會有可愛的雪兔，早春的時候則有土撥鼠。每每看到這些動物的時候，我都會驚覺，我真的是在加拿大。

滑鐵盧至今建校才六十年，建築物大多是現代風格，不像北美其他名校保有古意的歐式建築。這倒也符合滑鐵盧理工掛帥的風格，就在其他學校有漂亮的鐘樓或高塔做為地標的同時，我們有一座實習工廠的煙囪，旁邊頗具現代感的工科圖書館設計成晶片的樣式。特別的是，因為冬天的大雪讓人行動不便，所以幾乎每棟建築物間都有地道相通，而且校內的丘陵許多，所以許多建築都埋了一半在土坡裡，東側入口在一樓，西側的出口也許在二樓。而從外觀上看來，就像是未來世界的保壘一般，也別有一番趣味。

宿舍

住在我可憐的地下室沒幾天後，跟一起從台灣來的學弟Albert一起去候補宿舍，沒想到在國際學生的宿舍區裡正好有兩個空房，我只猶豫了十秒鐘是否要放棄在地下室的房子，就決定搬過來，而在搬進我的二樓的新房間，看

見那扇明亮的窗子後，我就再也沒有後悔過，雖然因此賠了訂金三萬台幣。所以在此也提醒要出國的學生，沒抽到宿舍也不要太早放棄，國外學校的宿舍雖然一般比外面房子貴，卻是不錯的選擇，也比較容易認識人。

國際學生的宿舍稱做Columbia lake village，聽起來像是個度假村莊，然而Columbia lake並不是什麼美麗的湖泊，倒是聽說幾年前有學生因為在裡面游泳而染上寄生蟲病致死。不過我們的社區依舊是可愛的，走近入口兩旁的平房，還有青草地，蔓延兩三百間，甚為壯觀，南區的房子是給有家眷的學生住的，社區中心有免費的DVD外借，平時還有免費英文家教，資源相當豐富，走路五分鐘可以到一家二十四小時營業的超市，有了這家超市，讓人可以安心的放暴風雪的假，同時也是我沒事做時的消遣，買新的食材回家嘗試。可惜離學校雖然遠了點，走路要十五分鐘，導致冬天積雪很厚的時候，一旦錯過公車就會興起翹課的念頭；除此之外，我相當喜歡這個地方。

我的新家是一棟兩層樓的Town House，一樓是客廳廚房跟餐廳，二樓有四個房間和一間浴室，相當寬敞明亮。我的室友分別來自加拿大，德國和英國。相較於之前地下室的房客們，大多是當地學生，彼此比較少往來，現在的室友大都是交換生，就多了互相幫助的感覺。然而也從這個宿舍生活，開始了我個人對其他國家人的偏見。

加拿大室友來自斯里蘭卡，平常幾乎不與人交談，似乎唯一的嗜好就是看電視，每個禮拜六我出門前看到他在看電視，晚上回來的時候，身上多了件毯子仍在看電視。他進出廚房只為了加熱超市買來的披薩和薯條，懶得洗碗，烤盤大概可以放一學期都沒有洗，第二學期他竟突發奇想，買了一大疊的免洗碗盤，每天用一個丟一個，真是標準的萬惡美式生活！

我與英國室友Matt總是維持表面的和平。Matt是個非常有原則的人，比如說，廚房裡的餐具，他只願意使用其中兩支湯匙，其他的湯匙要不太短就是太淺或太大，總之只有那其中兩隻湯匙獨得他的青睞。另外他的英國腔也成為我們溝通的一大障礙，直到學期結束後，我還是只能對他點頭微笑，而無法完整的理解他說的話。我煮的東西他都不敢吃，他總是帶著驚慌的眼神問說，你都從哪裡買來這些東西，那些東西大概是些空心菜以及紫米。

而跟我最投緣的要算是德國室友Hannes，我們都比較貪玩，喜歡爵士樂，喜歡滑雪板，喜歡旅遊，喜歡嘗試新事物。可惜他是個素食主義者，所以我煮的東西大多不能與他分享。他吃素的理由滿特別的，因為他不想吃生下來就是被養來給人類吃的動物，大概是看過一些紀錄片，記錄著現代肉豬及家禽沒有任何生命尊嚴的畫面，所以決定吃素，但是如果是打獵得來的野兔，那就不違背他的原則，而列為可食項目，雖然我其他朋友們常常質疑這樣的想法，可我卻覺得能夠理解，大概是希望身而為人，也能是一種單純一點的動物吧。

Travel plan

帶著背包旅行去

在交換學生的期間，我去了兩次紐約。紐約是個偉大的城市，而我認為它最偉大的地方，就在於龐大的人口，乍聽之下，似乎是個很笨的原因，可是我卻認為這最重要了。一個城市可以讓你看到世界最多元的景象，看到貧窮與富裕並列，看到時尚與醜惡交錯，當你走過第五大道，穿著時髦的人們賣力的展現雍容華貴，衣衫襤褸的遊民則虎視眈眈地看著外地遊客；中央公園可以是親子玩樂的所在，也可以是夜晚危險或同志歡愉的禁地，這個城市偉大的地方就在於收容了這麼多的怪腳，一個可以讓怪腳自在的城市，就是我認為的偉大。你可以不喜歡當地人緊繃的表情，不喜歡散發惡臭的中央公園，不喜歡髒亂的地鐵，然而一個世界必須有白晝與黑夜，白晝可以光明榮耀，黑夜也要危險混亂，因為那些危險，我們才會記得，我們依舊是活著的，因為那些失魂落魄，才會知道，摩天大樓遮去了多少陽光。資本主義的現實在此誠實的展現，人們笑貧不笑娼，笑容也是付費的服務。也許一個大城市，有它奢華氣派的一面，就有另一些小家子氣的固執與無禮，我把這些也當做偉大的一部分，因為紐約本身就是個博物館，對於各式各樣現代人的生活及矛盾，有最完整的收藏。然而每每在東岸受氣之後，我就會試著回想在台灣有沒有類似的經驗，可總還是覺得美國東岸人的跋扈更勝一籌。很多人會說一個城市的人民有沒有禮貌就是文不文明的表現，那麼紐約是個文明的城市嗎？也許，人民有沒有禮貌與它們的生活快不快樂更為相關。那麼我們追求的文明是什麼呢？

然而粗魯的紐約，有太多奇特的美麗，讓你不忍苛責。因為一切似乎自有邏輯。有人說，紐約是一個偉大的城市是因為它是文化的大熔爐。但東尼庫許納在「美國天使」一劇中卻說，是個什麼都熔不了的大熔爐。於是也有人說，紐約是盤什錦沙拉，什麼都有卻什麼都各自獨立。但不管紐約是不是一個運

作正常的熔爐，都不影響它的偉大。甚至，如果它是一個完全的熔爐，我覺得那將會是可怕的，因為到底什麼東西該被熔掉，什麼東西又該永遠的分別清楚呢？如果用個堂皇的說法，那可以大概是熔掉彼此間身分的歧視，留下彼此文化的特色。可是這中間有些根本就是同樣一件事情，於是我們可能必須容忍一些痛苦，才能讓美留下。留下衝突偏激卻更為真實的美，只是這真是我們該前進的方向嗎？或者，我們真的在前進嗎？

去過紐約和芝加哥後，總對於加拿大人的和善總特是別懷念。加拿大人似乎真要比大多美國城市的人要有禮貌而且親切不少，從語調上揚可以發現一點端倪；加拿大人與美國西岸的城市，講話常常會語調上揚，給人一種客氣和讓對方回應的暗示，相較之下，在紐約和芝加哥，就不容易聽到這麼暖和的聲音。只是，禮貌及親切，不代表真的可以親近。加拿大的人雖然會親切的與你招呼寒暄，但卻不一定真的想認識你。他們慣用誇張的表情來稱讚你的鞋子，稱讚你的英文，稱讚食物，或者抱怨天氣，抱怨遲來的公車以及這個什麼都沒有的鬼地方，但是那只是一種習慣和禮貌。我的英文老師Pat告訴我，西方人的對話模式像是打籃球，有攻有守，想要得分，就要學會搶球；然而東方人像是打保齡球或乒乓球，總是用輪流的方式。如果不是反應很快，或是英文不夠好，很容易就被冷落了。然而聊天順不順利，不只與球打得好不好有關，很遺憾的，跟膚色也有一點關係。

事情發生在我去芝加哥的週末，跟我一起出國的學弟以及我們的日本朋友們一起去了學校裡的酒吧，那天晚上是 comedy night，comedy night 就像是脫口秀表演，內容則大概都是些低俗的黃色笑話，店裡的人們都非常的放鬆，趁著酒興，他們大聲的合唱加拿大的國歌，而我的亞洲同學們，因為不會唱，也就沒有站起來，這時候就有一些醉漢，朝他們丟瓶子，丟了一陣，就開始對我同學罵說，滾回china去，你們這些死同性戀。從沒想過這句在美國好萊塢電影不時會聽到的挑釁台詞，會出現在真實的生活裡。我的同學一時不知做何反應，也不想打架生事，就默默地走掉了，我的同學很後悔也很難過，總覺得應該要做點什麼讓他們知道自己的愚蠢。雖然我不在現場，可是聽過他的轉述，心情也十分憤慨。而在憤慨之餘，也有很多的疑惑和遺憾。然而同行的日本人卻一點也不生氣。他笑說，他們都是醉漢，而且我們也不是Chinese啊！我愣住了，我開始嘗試理解這樣的思考邏輯，同時開始懷疑自己憤怒是不是來自於民族的自卑。是否因為我們住在台灣，一個四處受打壓，人民在國際間感到自卑的小島，才會在第一時間把這樣的事情，歸類成種族歧視，並且對於種族歧視感到有如惡魔一般的憎恨。在BBS上，看到有人貼了全世界國家的歌曲，然後許多板友聽到裡面唱到台灣的時候，都很感動。世界上還有哪幾個國家的人民會像我們一樣，連在兒歌裡聽到自己國家的名字，都要感動流淚？是不是這樣自卑需要認同的我們，才會如此激烈地捍衛我們脆弱的尊嚴。然後我開始懷疑，自己對歧視這個詞的定義。在以前，像十九世紀末的黃禍，像猶太人在集中營，像黑人在美國，這樣民族對民族的壓迫，被稱為種族歧視，那麼現在這種心照不宣的下意識的排斥，可以被稱為歧視嗎？就某種程度上，如果我們不迫害其他民族，只在心裡面懷疑他們的天性，算不算一種歧視呢？只是這種歧視，又能怎麼被處罰呢？討厭一個人，討厭很多人，也不過就是個人情緒，何罪之有？是不是只要沒有具體的行為或法規來宣示種族間的差異，我們的劣根性就可以恣意的留存。這樣的種族歧視，雖然顯示了我們的進步，不再因為彼此的種族差異而有具體迫害；可是，是不是也說明了我們進步的極限：即使我們都了解種族歧視的愚蠢，卻仍舊在心底有股無法完全被消除的對異族的戒心。對於所有種族都一視同人，是能夠因為從小的教育而消失的嗎？因為行星毀滅而逃難來這裡的綠色皮膚外星人與地球人，怎麼可能毫無衝突地一起的生活呢？衝突似乎是一種沒有辦法避免的學習過程，放棄成見或許是沒有辦法用教育傳承的，我們只能用千年的歷史記載修正我們的學習目標。

涼爽美麗的加拿大

加拿大四季分明，
皆有不同的美景，
而且加拿大人似乎真要比
大多美國城市的人要有
禮貌而且親切不少。

春天真的來了，天氣很好，陽光普照，草地慢慢變綠，房間外的空地上有對父子在放風箏。期末考後，我發覺在這裡的生活真是清淡，不過大概是要離開了，卻又感覺到這裡的好，我原本要說不捨的，可是我並沒有不捨，我捨得，只是會想念。這種感覺就跟我所在的地方一樣的雲淡風輕，很多事情過去了，覺得有點可惜，有點難過，可也就這樣了。這段時間裡，去了許多地方；一個城市，一個城市的遊覽就像去別人家玩，總是要跟自己家做比較，拿著相機在別人家照相，說這裡好美，這裡好方便，這裡人好多，這裡店好早關，這裡東西好貴，這裡食物好吃，這裡表演多……。可是要真的住在這裡的話，好像也沒什麼特別或改變人的一生的這種東西，所有相機裡面的照片，也不過就是別人生活的一部分罷了，我想也許我這一輩子都會這樣活下去。

離開滑鐵盧的前一天，我開始整理行李，原本總想，再多也不過兩個皮箱一個背包，又能收多久呢？但還是收了一整天。看著兩學期來的收穫，許多的報告，去過城市的地圖，沒有寄出的明信片，想去而沒去成的演奏會傳單，慢慢覺得有點難過。晚上，朋友為我辦了個惜別會，跟大家把酒言歡，就像上個禮拜或上上禮拜，或上個月那樣。可是這次是最後一次了，以後再也不會有了。我朋友說，一旦知道這件事情是以後再也不會有了，就讓人覺得事情變大條。所以走在columbia st.看著初融的湖水，我覺得有點感傷，這就是我最後一次看見這片景色了呢！朋友們喝酒之餘，還拿出了紀念的T恤，上面有大家的簽名和留言，還給我了一個相框和一疊相片。相片真是個奇妙的東西，總有些事情你以為你沒有忘記，卻在看到照片的時候，還是會有：對耶！我都忘了我做了這件事的感嘆。我看著房裡笑鬧著的朋友們，發覺整個交換學生的生活，就像是我這二十年的總複習。到一個陌生的地方，學怎麼用不習慣的語言交朋友，學怎麼與人閒聊，學怎麼孤單自處，學怎麼鞭策自

我看著熟悉的景物往後飛去，想著還有多少錯過的事情，來不及被我當成回憶來收藏。

己，學怎麼欣賞更多的美麗。只是學習的過程，會不斷地回想以前類似的情節，然後發現有一部分的自己，是怎麼都不會改變的，而覺得有點無奈，可也有點慶幸。那種感覺就像是，雖然你沒有把握下次同樣的事情發生，你可以做得更好，但至少你知道，你還會再好起來。這句話不知道出自哪裡，總覺得似曾相識。

看著快要醉倒的朋友們，我突然可以想像在未來想念他們的自己。謝謝你們，雖然你們看不到，可是因為有你們，我的交換學生生活過得很快樂。喝得茫茫的我一邊擔心宿醉會趕不上明天的飛機，走回去的時候，天已經微微亮了，我還有半箱的行李沒收。但是Trish說會載我去機場，於是她在早上九點半到我家，用我剩下的雞蛋與麵包培根，做了一個豐盛的早餐。然後我坐在餐桌上與這個加拿大的女生聊天，說來很可惜，跟她真的變熟到可以輕鬆聊天只是離開前一個月的事，可是轉眼就要離開了。

坐上她的車，我看著熟悉的景物不斷往後飛去，想著還有多少與我錯過的事情，來不及被我當成回憶來收藏。雖然每次跟別人談起，都是用一種受不了的語氣談論著這個小城，要離開的時候，卻不能免俗的開始想著，這樣的天氣，這樣的陽光和草坡，還有坑疤的路面和霸道的野雁，也許是值得懷念的，以致於飛機起飛的那一刻，我已經開始想念。

美國

萬花筒般的美國夢

蕭雅心
台大財金系→美國喬治亞大學

如果沒有成為交換生，我不能體會原來世界竟是如此廣闊。

如果沒有遊歷過美國，我不會知道原來青春該是這樣燃燒。

二十歲的黃金歲月稍縱即逝，若你有夢想，就放手去追尋吧！

異國生活初體驗

走在晨曦中，我終於抵達了全美國位於喬治亞最大的國際機場Jackson Atlanta International Airport (ATL)。經過二十多小時的長途跋涉，即使大部分的時間都是坐著，也夠累壞我了。而且，由於從台灣到美東，至少要轉一次飛機，因此夜半時分我曾在舊金山拖著大行李東奔西跑，消耗不少體力。我們一行交換生，有的從洛杉磯轉機，有的和我一樣從舊金山飛來，最後都在ATL的Food Court中央休息區等待接機的學長姐們。

放好行李，接機學長開車準備帶我們到距Atlanta約一個多小時車程的Athens——也就是University of Georgia的所在地。踏出機場的那一刻，其實我非常興奮又開心，一直看向車窗外，連一成不變的高速公路行道樹都覺得可愛，努力地區別它們之間的不同；可是，好奇心總是難擋濃濃睡意，在行經一半路程後，我便開始祈禱可以快快躺在大床上休息一番，而當然那些新奇的美國事物，我只好留在日後細細探索囉!

在這裡，要分享給大家一些搭乘長途飛機的小小注意事項。首先，如果你可以確定你所搭乘的班機是最新型的，或是你是可以在任何地方呼呼大睡一整天的人，這點便可以忽略。因為就我所搭乘在舊金山轉機的班次，航線並不熱絡，所以一整路上都沒有影片可以看，甚至連老型的公共電視也沒有。所以，我建議帶一本自己喜歡的書在飛機上看。其次，有近視的人要隨身攜帶眼鏡。因為飛機上的空氣比較乾燥，整路帶著隱形眼鏡一定會讓眼睛覺得異常乾澀。最後，即使在炎炎夏日搭機，也請多穿一件外套。飛機上隨時都開著空調，尤其我們知道，高空中的氣溫不比平地，可能接近零度或是零度以下；因此，多帶件保暖的外套絕對是必要的。

Coca-Cola
Coca-Cola
Coke
DRUGS Rx
STATION
DRINK
SERVICE

132_133 美國
KG
HEAVY

異國生活大不同

美國的生活其實與想像中差別不大，對我而言，印象最深刻的，莫過台灣幾乎很少人過的「感恩節」。這次能吃到如此豐盛的感恩節餐，完全要感謝我運氣好，選到涼課兼好老師。Speaking課是我所有科目裡最輕鬆的一門，每星期一堂，每堂一小時。除了偶爾寫寫作業，看看文法，做小組討論外，基本上也沒什麼東西要用到腦袋；而且老師很會做菜，有時候還有點心可以吃，真是令人開心到尾巴都要翹起來了。

可愛的Dr. Braxley（在美國，不叫教授，也不叫老師，要叫Dr.）為了讓我們見識真正的感恩節餐，邀請我們班星期天晚上到她家做客（雖是「班」，但也才六個人而已）。我、亞靜、Miki、Jacomo，請Kyung-A載我們一道去，忙碌的Gabby則煩勞友人載她一程。照著地圖繞啊繞，我們在天黑前抵達老師位於小樹林裡的家（老師家果然跟她本人一樣可愛）。敲敲門，老師圍著圍裙出來幫我們開門。另外，還外加兩隻大毛狗Daisy & Junior。

老師是從英國Harris來的，室內布置有精巧英式風格。玄關一進去便是有花紋的地毯與沙發，小茶几上擺著花瓷和蠟燭，還有架鋼琴一旁矗立。

不久，師丈出來了，他也很可愛，圓圓的啤酒肚、胖胖的臉，若是加把白鬍子和一襲紅衣裳，連聖誕老公公都要以為遇到雙胞胎了；老師與師丈果然是對可愛的夫妻。

待我們自我介紹後，師丈相當親切地問我們要喝什麼飲料，而且還舉了大概近十種讓我們選，啤酒、水果酒、汽水、果汁一應俱全，讓我們不禁受寵若驚。最後我選了cider——一種介於果汁與酒的微甜飲料。淡淡的蘋果酒味，混有果汁汽泡，不像啤酒那麼苦，卻又比單喝果汁多了點韻味。我想這算是餐前酒吧。

約莫半個小時後，老師從前一晚就開始準備的感恩節大餐終於在烤箱「叮」的一響後大功告成。我們八個人移駕到庭園，享用豐盛料理。

第一道是經典的烤火雞。在美國，感恩節一定要吃火雞的，因為它代表豐收。老實說，孤陋寡聞如我，這應該是長這麼大以來第一次如此近距離地看到真實的烤火雞；出乎我意料之外，它的體積有兩隻全雞這麼大。而當然在老師的好手藝烹調下，火雞皮香脆、肉多汁，外表是微紅的金黃色，一點切口都沒有，讓我忍不住在心中吶喊：perfect！老師一片一片地把它切下來，放到我們的盤子裡。

第二道必備的感恩節料理是stuffing。所謂的stuffing，是將麵包屑加一些香料（我猜是茴香之類的）塞進火雞肚子裡跟著一起烤，這樣雞汁都會被麵包屑吸收；烤出來後，將之取出就是美味的stuffing。當然有些人直接把烤雞的雞汁倒出來煮也是可以的，但正統做法我想是比較香。老師使用正統做法，所以仍然是好吃得沒話說。

第三道是smash potato，也是必備。照理說，這應該是馬鈴薯泥的意思，就是那種加奶油去打散，有點微鹹但又不膩的好吃食物。可是老師這回舊料添新意，做的是地瓜泥，口感更勝一籌。地瓜本身比馬鈴薯甜，所以打碎後吃起來就像甜點，但又不會很死甜；將它拌以焦糖碎屑，以及crust（一種派餅皮），口感是甜甜脆脆，甜蜜至心坎。不過它厲害之處還不只這樣，在焦糖之上，老師鋪滿一層裹了糖漿的pecan（美洲薄殼胡桃），為這道料理再添一陣堅果香。到這裡，我只能說核桃地瓜泥真是無以形容的好吃，像派又像馬鈴薯泥；不但讓我拿了兩回，甚至可說要佔去我一半的胃啦！

第四道是cranberry sauce，用來搭配火雞肉吃，是最後一項必備物。它其

實就是用cranberry去做的果凍；有些人直接吃cranberry果凍，但是老師還加了其他水果碎屑（我想有柳丁）弄成有點義式口味的綜合果凍。

其他餐點還有沙拉、ham、蒸四季豆、毛豆、雜糧小餐包、紅蘿蔔棒等等。享用完美味的主餐後，接下來當然就是甜點時間啦！

甜點應該是英國人的強項吧！我現在可以封老師為做派達人了。為了我們，她總共做了「四個」大派。第一個是strawberry & blue berry——派皮上先鋪香草煉乳口味的icing之後，再擺以新鮮的草莓與藍莓做裝飾。第二個是pumpkin pie——這是感恩節最有名的一道食物之一，除了南瓜果肉，裡頭還加有薑與肉桂調味。但或許是我本來就不愛南瓜，所以我不覺得它好吃，而且當天大家最不愛的就是這個口味，每個人都沒把它吃完。第三個是pecan pie——一樣的，派皮上有一層似蘋果派內餡的甜甜icing，之後再鋪一層焦糖漬pecan。聽起來普通，但因為有pecan，所以我也愛它。最後一個是peanut butter；這道聽起來就很胖，對吧？據說這是師丈最喜愛的派，而在享用過後，我也對它投以相當高的評價。雖然做法不易從品嘗中分析，但我想本體應該是花生醬與奶油的組合；從冷凍庫拿出來，我覺得它吃起來就像花生牛奶冰

戀愛文化

在這邊，我要特別介紹一種dating culture。Dating的定義有點兒像我們所說的曖昧，但是比我們所想像的一般曖昧要再深上幾分。和美國人dating，其實什麼在台灣交往以後才做的事——比如牽手、接吻、做愛等等——都可以做了，當然雙方也會有一種dating的共識。因此，提醒即將前往美國的年輕女孩，美國人不管做了什麼，只要沒有交往（in relationship）的共識，對他們而言頂多都只是dating而已；當然，一個人可以同時dating的對象要視他的魅力而定。

淇淋加派皮一樣，質地簡直跟cheese cake有得比。最後，細心的Dr. Braxley用英國式小茶具組，給我們泡了regular & decaf咖啡各一壺，放在蠟燭上微溫，使整個庭園充滿溫馨的氣息。

吃免費大餐已經夠讓大夥兒開心了，而席間我們還聽說到老師的戀愛故事。一向最喜歡問問題的Jacomo一邊把派送到嘴裡一邊問老師，「為什麼你要從英國搬到美國來住？」老師靦腆了一下，回道，「因為我fall in love啦！」師丈大笑。原來，師丈當年也是交換生一枚，從UGA到英國Harris交換半年，然後在這短短六個月之中，找到他現在的老婆。羅曼蒂克的故事聽起來總是令人笑逐顏開，而當我們這一群交換生聽到時，驚訝度想必是更甚於他人吧！為了延續八卦，我繼續問師丈，「那您當時怎麼追到老師的呢？」師丈巧妙地沉默一會兒，答道，「其實是她追我！」換老師大笑。真是又一個出乎意料啊！想當初，師丈去當交換生時，原來只是個窮小子，在餐廳裡當bus boy擦桌子跑腿；而老師那時是那家餐廳的代理manager，每次都嫌他擦太慢。或許那時兩人就小有擦出火花了吧！但忌於身分懸殊，兩人始終沒約會。「可是，」老師接著說，「那時很幸運。」因為原來的所有權人突然想把這家餐廳轉手賣出，而繼任者又想自己經營，所以老師便功成身退被fire了。從此之後，老師和師丈便無後顧之憂地開始dating，終成佳偶。

酒足飯飽後，大家在玄關附近照了幾張合照，便踏著星空回到UGA。這真的是相當滿足歡樂的一天：可以吃到全套的Thanksgiving Dinner，我也算不枉來美國交換。在這裡，我想對我可愛的老師說：「Thank you!Dear Dr. Braxley!」

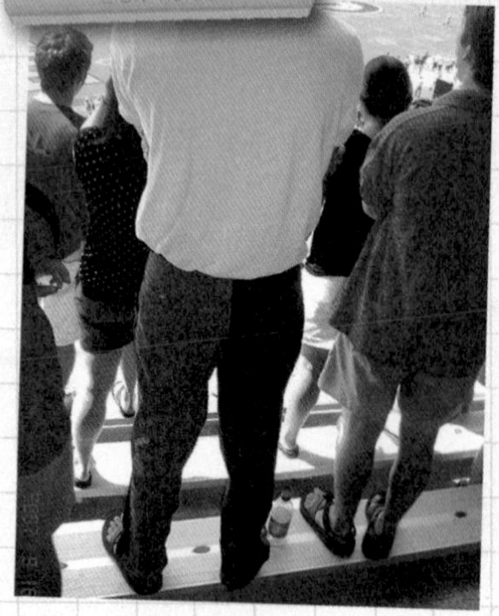

橄欖球比賽文化

說完了大餐，再講講美國人最愛的運動。

橄欖球比賽即所謂的Football Game，美國人很瘋這項運動。每學期，各大學間都會舉辦六到七場不等的校際對抗賽，觀賞比賽的除了參與的學校學生之外，連校友、家人、親戚、名人等等，都會一起共襄盛舉。但如果你以為這像在台灣看棒球賽一樣，那就錯了，對美國人來說，橄欖球賽事可是一整天的活動呢！通常觀眾會在一大早帶著一家人以及印有所屬大學Logo的周邊用品到學校裡紮營烤肉，啤酒一罐接一罐，把自己灌得爛醉好到比賽現場加油；甚至，我們可以看到打扮奇裝異服的加油團等等在會場邊出沒。因此，如果打算在這天開車出門的話，要有遇到大塞車的準備。另外，如果幸運地買到球賽票的話，那麼恭喜你可能得花一筆治裝費囉！美國南方的橄欖球文化中，去看比賽的年輕女孩都會盛裝打扮，而且不論是誰都要穿著你所支持的隊伍所代表的顏色（UGA是Red & Black）。另外，就如同我之前所描述的，去看比賽的人大多已經七分醉，因此在比賽當中，我建議要時時小心自己周圍是否有那種快要嘔吐的醉漢。譬如，我曾經看到在我前方二排的性情中人，一邊大聲加油，一邊大吐觀眾席，嘔吐物的酒臭味還順著風薰到我這邊來，讓我不禁想用曬衣夾把我的鼻子狠狠夾住。最後，當比賽結束後，美國人通常會再去喝一攤。我的美國室友便曾經因為喝醉而當街與陌生人熱吻起來。不過，總而言之，橄欖球賽是一項相當有趣的活動。

異國學習大不同。

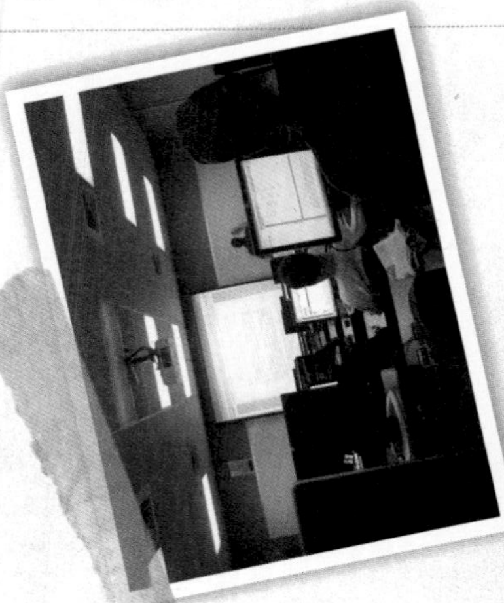

到達UGA參加為期一週的Orientation後，馬上接著的是開學與課程加退選。美國的選課制度和台灣相差不大，唯一的不同就只有完全電腦化。

在UGA，一開始學生們會在開學前先上網選課，如果不是系訂必選修而有限制人數時，必須e-mail到各系所或是開課老師的信箱中尋求允許加簽，然後負責統籌加退選的人員才會將系統上的限制解除，讓學生可以點選，這種限制通常分為Permission of Department (POD)和Permission of Major (POM)。對於交換生而言，我們沒有特定的學系，全部隸屬在文學院之下，不過選課方面校方卻給予我們很大的自由空間——可以登記原校主修的課程，也可以選修其他學院所開的課；能力足夠的話，更可以透過交換生輔導得到修課允許，修習UGA最著名的Terry College of Business以及Grady College of Journalism and Mass Communication課程。在我的課表裡，有一堂名為Derivative Security Market的熱門課程便是這樣加選到的。完全電腦化選課制度好處在於免去開學第一週到處趕場請老師加簽的混亂窘境，這是值得我們效法之處，但壞處便成了你若是沒有選到喜歡的課程，要改也不是很容易，更沒有向開課老師求情的餘地，只好默默接受。

選完課後，我們再來討論學分數。在美國，一般大學生每個學期只需修習十二學分，有些較用功的學生會加選到十五學分，但是很明顯這種學分數跟台灣的大學比起來，只有一半。人們或許曾有耳聞，美國大學的課程比起

台灣可是難念得多，十二學分比我們二十四學分讀起來還累人；可是，在我上完一學期的課程下來，十二學分的課還真的就是十二學分該有的樣子。詢問美國學生後我發現，不同於台灣，他們在國高中時，並沒有學到這麼多進階課程，像是微積分、基礎化學、基礎物理等等（除了那些在高中就有拿AP學分的優等生），因此上了大學後，要培養到修習完進階課程，肯定得多花一番功夫；但是對於經過國高中聯考的我們，有許多知識我們早在上大學前就已經先努力鑽研了，之後當然就不用像美國人這般辛苦啦！

UNIV1115 給大學新生的寫作課

「Hi, my name is Ya-Hsin, and I am an exchange student from Taiwan.」在一群美國大一新生中，我如是向大家自我介紹。老師Dr. Moran留著一頭短捲金髮，瘦瘦的看起來像是位嚴格卻又親切的長輩，微笑著對我點點頭。原本國際學生應該有另一個專屬班級，程度比較輕鬆，教學取向也不同；但因為選課作業疏失，國際學生班已經額滿，我只好硬著頭皮與美國學生一起上課。但也因禍得福得以一窺美國學生學習英文的情況。

第一堂課，Dr. Moran發給大家幾篇雜誌選文，如「合法駕駛年齡應否調升」等等，要我們回去寫一篇 reading-response journal，好辨別大家的程度。考量到我是外國人，原先Dr. Moran有意讓我轉到國際學生班（因為他同時是兩班的老師），但當我知道國際學生班主要以學習文法為導向時，便堅定地希望能留在原班，即使無法想像我和native speaker到底差異有多大。第一堂課後，我回到房間書桌前開始研讀那些雜誌選文，不過出乎我意料之外的，看似簡單且有許多插圖的選文竟穿穿插了許多我不懂的單詞，平均閱讀完一篇需要一個小時左右。熬夜左思右想，我完成了一篇自認為頗有論點的文章，

期待它可以使我不被強制轉班。幾天後，Dr. Moran把我叫到他的桌邊，與我討論轉班事宜。我的第一篇 essay，她給了我D⁻；想當然耳，當時的心情是很受打擊，原來我的文章在外國人的眼中是這樣的語句不順，連論點的敘述方式也不易被理解。不過，我並沒有臨陣退縮，堅持留在原班，讓我見識到了美國人是怎麼樣學習自己的語言，也好比看看中國人是如何運用中文。

很慶幸在學期結束後，Dr. Moran給了我A⁻的成績，鼓勵我不屈不撓的學習精神。而除了學習受到肯定之外，我也發現學習語言，或者應該說英文寫作，最重要的元素是閱讀與練習。閱讀，比我們想像中影響英文寫作更大。台灣學生總是以考試、實務為取向；有些人或許會去背模板、讀範文，有些人或許覺得每天寫一篇英文日記就可以讓作文進步，但其實這些是不夠的。當我們仔細回想我們如何學習中文時，必定可以發現，我們在開始提筆之前，早已經閱讀過不少童書，甚或是文章。而在求學過程中，所閱讀的文章量，也絕對比我們所寫的文章多出許多；因此，英文亦可證一斑——並不是以多練習為主軸，而是在練習的同時要能多加閱讀，學習他人寫作時表達想法與文句的模式，進而將新的體悟用在下一篇練習文章中，如此才能真正得到進步。

Travel plan

帶著背包旅行去

大蘋果之旅

在交換的一學年間，我一共走了五個地點：分別是Fall break去的芝加哥、Thanksgiving去的紐約和華盛頓特區、Winter vacation拜訪的克里夫蘭，以及Spring break參加的路易斯安納州卡崔納颱風救災活動。而其中，芝加哥、紐約與華盛頓特區是我第一次在國外的自助旅行，它除了讓我學會許多尋找資料和解決危機的能力外，也讓我更加了解和我一同出遊的外國交換生以及異國人處世文化。以下，就以大蘋果之旅與大家分享我的自助旅行經驗吧！

不論出發前的自己有多忙碌，仍然要對旅行的交通接駁路線以及落腳點有一定程度的熟悉與了解，並且隨時睜大眼睛，準備好應變緊急狀況。

那天中午我很不專心地去衍生性證券課晃了一下便早退走人。帶著興奮的心情，在我的宿舍前等著同行日本女孩——愛（Ai）跟我會合。雖然愛似乎有點慣性遲到，但老天爺的幫忙讓整趟旅程都很幸運地趕在「即時」。及時找到躲在狹小巷子裡的shuttle bus stop，即時學著印出機場的Boarding Pass，即時發現擁擠的gate10，我和愛跌跌撞撞的搭機到達紐華克機場；但從這裡開始，才是一連串驚嚇與恐慌。

首先遇到的難題是，溝通不良而訂不到接駁車的我們被丟在機場。中南美移民的司機和我有點溝通障礙；陰錯陽差之下，他跑去Terminal C等待（我在A）卻總是找不到我們，直到無耐性地他說：「I give up!」我才真正傻住。啊啊！「I really need the shuttle!」當時我幾乎快哭出來，胃部緊張地糾結，除了繼續溝通外不知該怎麼辦才好；而且打到後來司機也開始拒接電話，掛斷我所有的來電。無計可施之下，我運用角落看起來像博物館展示的courtesy phone，找客服員解決睡機場或是夜半搭地鐵遇搶的危機。

抵達目的地已是晚上十二點，由於省錢的關係，我不是住飯店，而是住hostel（大概是一星或沒有星的等級）所以並不華麗好辨認。它簡陋到沒有門面，沒有招牌，沒有check-in櫃檯，一進去就像病房一樣。所幸遇到一位好心老頭指引我們到後半棟，才找到我所訂的隱藏旅社。

與異國友人出遊時，要抱持開放的心胸；因為文化與習慣的衝突可能會發生在容易忽略的小事情上，所以溝通與包容是雙方必須有的共識。

到達紐約後的第一天，興奮如我本來想要帶著奔騰的氣勢橫掃曼哈頓區，可是無意中卻出現了絆腳石。跨國代溝一：在尋找旅伴的時候，最好能先與旅伴溝通對旅程的主要期待與遊玩模式。愛是精緻路線日本妹，而且很喜歡藝術；當初吸引她來到紐約最大的原因之一就是這兒的博物館，而也因為她這樣的喜好與興趣，悠閒度假式的旅程才是她所期待追求的。可是，對我來說，這樣的模式太不充實了，它並不符合我對自助旅行的藍圖。我崇尚冒險精神，喜歡用雙腳走遍陌生的國土，在有限時間內將花花世界盡收眼底。

下午三點，結束第一個共同行程點Metropolitan Museum朝聖後，我和愛的跨國代溝二再度出現：當我們到陌生的環境自助旅行時，交通資訊是首要的必做功課，草率的行動可能容易導致時間浪費和掃興的不快。依我事前資訊的計算，若搭紐約的公車到另一個博物館起碼會花上一個小時，所以若是再加上購票所需的時間，那麼愛要逛那下午五點便閉館的博物館一角可以說幾如天方夜譚。

終於，我們在visitor center駐足，拿到更詳細的景點、交通資訊，以及得知Broadway Strike屬實的壞消息。帶著遺憾，我和愛走出visitor center，趁著天漸黑，晃到第五大道上去。

想要到大城市朝聖世界知名的活動時，要記得做一個早起的鳥兒；若是無法早起，至少要是一位「高人一等」的旅行者。

旅行的第三天是一年一度的感恩節(Thanksgiving Day)，每逢這天，紐約最大的梅西百貨都會有大遊行。因此，為了我原本計畫的主軸——Macy's Parade，我六點就搭著不甚熟練的地鐵，提早一小時到達遊行途經的主要街道Columbus Circle，曼哈頓的城中區。忍著飢腸轆轆，雖然大排長龍的Starbucks早就讓我打消買早餐的念頭，一旁街道的人山人海仍是把我逼到一棟維修大樓的鷹架下，克難式地在一群高大美國人後邊探頭探腦，試圖捕捉遊行的全貌。

主軸遊行觀賞完之後，我的大蘋果之旅可說是完成了大半，剩下的時間，我除了在Pax寫寫要寄給好友的明信片外，與愛分開的我，就等著另一位熱愛紐約的韓國交換生帶我逛逛南曼哈頓——蘇活區、東區，以及中國城。

當窮學生想要省錢而選住便宜旅社的同時，要記得依當地氣溫自行攜帶保暖衣物及其他日常用品；若擔心不夠周全，也要有足夠的備用金錢。

早上三點半，我醒了。不要誤會喔！我沒有要去big sale。只是我昨晚整棟樓的暖器系統好像壞掉，在不知不覺下冷得我直打哆嗦，再加上前一晚的氣溫特別下降，我只能感謝還沒下雪，不然大概要凍死在紐約了。

尾聲

終於，我們要依依不捨地告別大蘋果。搭著紐約經巴爾的摩至華盛頓特區的區間客運，五小時後，我們在夕陽西下時，抵達這帶著可愛、優雅氣質的城市。我的台灣友人開車來為我接風，開心地相聚後，又是另一個旅程開始。

Macy's Parade

提早一小時到達遊行的主要街道
——Columbus Circle，
算是曼哈頓的城中區。
找到一個還算清晰的小角度，
要不是起得夠早，
根本不能達到目的。

剛聽到交換生三個字，我想大家第一句話一定是「好酷喔」！

而我也不例外。不記得是什麼時候，我得知了台大有交換學生的計畫，加上父母從以前就希望我大學畢業後可以出國留學，多看看世界，我漸漸對交換生計畫產生興趣，也期待將它作為我留學的墊腳石。從大二開始，我閒來無事便會逛逛台大國際學術交流中心的網站，看看出國交換的學長姐經驗分享，有時也到PTT Study aboard板溜達，使得這些有趣的經驗默默地燃起我到不同文化下生活的動力。

終於，大三那年的暑假，我鼓起勇氣正視了這項甄試——交換生甄試需要提供在校成績、履歷表、托福成績以及中英文筆試成績。但由於我當時的第一志願是到日本交換，且日本學校的名額又像是沙堆中的一顆金子那樣稀少，所以對於每一項可能用得到的評分，我都抱持戰戰兢兢的心情，不敢大意。可惜的是，雖然我的表現比預料為佳，卻仍然無法順利到我夢想的日本國交換，轉而錄取美國喬治亞大學。

不過失望歸失望，無論如何，人在年輕時一定要出去闖一闖的！因此，和父母的討論後的結果，我決定到喬治亞大學交換，順便提早適應美國的校園環境，為未來留學計畫鋪路。

在這裡，我簡單提一下到美國交換的三點好處——語言、文化、時間。

首先，眾所皆知的是語言。英文是現在世界上通用的國際語言。來到美國當交換生的好處是，我將自己置身在一個全英語的環境之下。未出過國的的人或許無法想像，當一個人被強迫獨立於國外生活，他的語言能力進步有多神速。每天一睜開眼，英文字母便環繞在我四周——為了跟上課堂進度，我咬緊牙根去理解教授的每一句話；為了得到好成績，我每天花二到三小時寫一篇journal，而當地人或許只消二十分鐘。更重要的是，為了

每一刻都使我開闊眼界的美國交換生生活，試問，還有比這更好的青春嗎？

交朋友，我努力用有限的辭彙緩慢拼湊出我的想法。雖然一開始辛苦，但當一個半月後，你發現你已經不再害怕開口說英文，甚至可以用這個語言開始和朋友閒話家常時，你就會覺得一切都值得了。

第二點值得一提的是文化。不同於其他國家，美國是一個文化大熔爐，雖然白人與黑人仍占大多數，但華人其實也不少。即使如University of Georgia這種有百分之七十白人的學校，也可見其他民族所組成的學生會廣辦活動活躍於校園間。美國是移民的國度，新世代美國青年們雖然已自成一格——American Style，但在家庭與血緣的影響之下，仍然會保有部分原來種族的文化和生活習性，甚至驅使他們去尋根或發揚本身的文化，這使得居住在美國的人們有更多機會去了解其他國家或種族的文化。

最後一點，交換生與一般留學生最大的不同之處便是時間。交換生到國外學習，拿的仍是本國大學學位，依各校體制不同，有些或許會將交換生在國外所修的學分納入總學分計算，但有些卻完全不採計——他們認為交換是一種經驗，願意參加交換計畫的學生，他們主要目標應該是培養國際觀，而非換個地方，拿些容易的學分充數。所幸，台灣大學的交換計畫相當自由，若是向系所申請，交換校的學分多半是得以抵免的，而我自己因為是修完所有學分後才延畢出國，所以並沒有很大的課業壓力，可以專心投注於英語學習與文化體驗。有些人或許會說，當研究生既能拿學位，又能順便學英文，可是，當我來到這裡，看到同一梯次參加Orientation的研究生們，都在開學後忙得焦頭爛額，就不禁慶幸自己先成為交換生果然是明智之舉。交換生的我，不需要每天讀幾十幾百頁的paper，也不用將自己強關在實驗室裡和報告大眼瞪小眼，可以在讀完書後與朋友們相約打打球或是去downtown小酌一番，holiday更可以揪一團人開party慶祝，每一刻都使我開闊眼界的美國交換生生活，試問，還有比這更好的青春嗎？

美國
文化熔爐的特殊風貌

張倚瑄
台大財金系→美國加州大學

在美國唸書求學是一個完全沒有過的經驗，這種國際間的交流比起台灣高中生考上外縣市的大學帶給我更多的憧憬與未知數。除了玩樂之外，課業上我也很好奇美國課堂上師生間的互動和教學風格與台灣的差異。

異國生活初體驗

在前往美國的飛機上，我懷著興奮的冒險精神，迎接我期待已久的異國生活。當時的情緒很複雜，一方面捨不得台灣的家人和朋友，卻又很嚮往在一個陌生的城市獨立自主的求學生活。

下飛機拿好大包小包的行李後，雖然已經事先查好從舊金山機場到柏克萊的交通，可以搭乘BART（舊金山灣區類似捷運的交通系統）或shuttle bus，但一個人提著兩大箱行李的我，最後選擇了距離提行李處最近的計程車。舊金山機場到舊金山市區大約要二十分鐘的車程，而從舊金山市區到柏克萊還需要再半小時的時間，再加上塞車，我總共花了一個多小時和八十元美元才抵達宿舍。第一次看到宿舍的大門，我的心情非常興奮，只想趕快把行李安頓好再到校園逛逛。在電梯前的長走廊，有一個來自英國的金髮女孩熱心的幫我提行李，在電梯裡面稍微寒喧之後，發現她竟然是我的室友。在柏克萊認識的第一個人，不但是我未來兩個學期的室友，最後更成為我在交換學生一年中最好的朋友。

根據我這次出國的經驗，我不妨在此提醒大家，出國前最重要的就是行李準備，要準備一年春夏秋冬的衣物、日常用品等，但受限於房間的大小又不能用太大的箱子。其實在美國的量販店可以買到很多便宜的東西的日用品，所以只需要準備基本的衣物和個人用品就夠了。

DO NOT
ENTER

GO BEAR
BEAR
RAME

61916
VAN NESS AVE., CALIFORNIA
& MARKET 16 STREETS
Experience San Francisco (888) 428-6937
GRAY LINE
6F63400

150_151 美國

異國生活大不同

舊金山是美國最受歡迎的觀光城市，天氣好、風景美，是整個灣區的活動樞紐。這不是我第一次到舊金山，之前來的時候並不特別喜歡這個城市，只覺得這個城市的夏天很冷。舊金山市靠海，所以夏天不會太熱，冬天也不會下雪，是全美最受歡迎的觀光城市。不過不遠的柏克萊天氣卻完全不相同。柏克萊的太陽很大、天氣很熱，尤其是八月和九月，但不會像台北一樣給人黏黏的感覺，在室內的時候即使不開冷氣也不會覺得太熱，到了晚上也可以很快的降溫。大概十月底的時候天氣就開始轉涼，日夜溫差大，晚上會變得很冷。一月底二月初的時候是雨季，大概會連續下雨下兩個多星期，除此之外，通常都是晴朗的好天氣。

加州大學系統總共有十個分校，其中柏克萊分校是排名最好、規模最大、歷史最悠久的學校，有公立學校的長春藤之稱。柏克萊是舊金山灣區東岸的重要城市，加州大學柏克萊分校位於城市的中心，距離舊金山約半小時車程。柏克萊是一個麻雀雖小五臟俱全的城市，學校附近生活機能很強，除了有各式各樣的商店之外，步行距離內就可以嘗遍各國料理。

加州大學柏克萊分校的校區不大，但校內環境優美，充滿學術氣息。加州本身就是一個充滿種族多樣性的地區，而加州大學柏克萊分校更有將近百分之五十的亞裔學生。美國雖然是全世界最富有的國家，卻因貧富懸殊，路上有很多流浪漢和乞丐。尤其加州的天氣好、社會福利佳，所以幾乎是走幾步路就可以看到流浪漢。台灣的乞丐通常是老人或是殘疾人士，但在美國路上要錢的流浪漢常常是黑人，有些還是彪形大漢，成為治安的死角。這些流浪漢要錢不僅是為了食物，有些學生給他們食物他們還不一定要，很多人要的是可以買毒品的現金，有些流浪漢還會在路上直接問人可不可以讓他們借住一晚。

柏克萊南邊的奧克蘭城市治安不好，且校內偶有搶案發生，入夜之後最好不要單獨在外。柏克萊北邊則是個生活比較高檔的地方，有在美國名列前茅的法國餐廳、高檔的超市和無數的特色餐廳。

柏克萊的亞洲學生占了大約百分之五十，在校園中常常可以看到黑頭髮黃皮膚的亞洲人或是走在路上聽到旁邊的人在說中文。因此在柏克萊很少會有種族歧視的問題，學校附近有很多亞洲餐廳和超市，比較不會有適應上的問題。

柏克萊的學生還有一項福利就是BUS PASS，每學期剛開學時可以領到一張貼紙貼在學生證上面，之後就可以免費無限次的搭乘學校附近的公車，甚至還可以免費搭到舊金山市區。

也許是因為在柏克萊的關係，學生們積極念書，在課堂上比較難交到朋友。原本印象中親切友善的美國人，最後發現只是表面上熱情，卻很難再深

入成為朋友。但多選修一些需要做分組報告的課程，讓我有機會結交到當地的朋友。柏克萊和台灣大學很不一樣，不像台灣的學生跟系上同學都認識。加州本來就是個華人很多的地區，所以我第一次走進教室時，班上沒有人知道我是新來的，同學之間也互相不認識，第一堂課分組做報告時，大家就跟坐在左右的人打招呼認識組成一組。這樣的模式跟在台灣有很大的不同，但對交換學生來說其實很有利，自然而然融入班上同學。因為分組做報告的關係，我結交了一些朋友，但認識最多人的地方還是在宿舍。

國外念書能不能玩得很開心有很大部份是取決於住的地方，所以在來之前申請宿舍是很重要的一件事。柏克萊有豐富的住宿選擇，包括ON-CAMPUS RESIDENCE、IHOUSE、APARTMENT等等的。校園裡的宿舍各有特色，有些很新，有些外觀像城堡一樣，還有設計的跟渡假村一樣的宿舍。

我選擇的國際學生宿舍位於校區的東南角，強調多元文化及提供國際學生各項協助。雖然費用高、房間小，但每年仍吸引許多來自世界各地的學生入住。在國際學生宿舍內，有一半是美國學生一半是國際學生，研究生以上可以住單人房，但大學生只能住在雙人房，而宿舍會分配不同國籍的人住在一起。

IHOUSE雖然是一棟比較舊的大樓，環境卻很乾淨，每天都會有人打掃走廊、廁所和浴室。宿舍有門禁管理，要有感應卡才能進來。裡面有咖啡廳、圖書館、電腦中心，還有寄信和收包裹的MAIL ROOM和辦PARTY的房間，可以算是應有盡有。

國際學生宿舍不只提供住宿，還有各式各樣的活動讓大家認識朋友。國際學生宿舍的宗旨是文化交流和建立友誼，每學期剛開始新入住的學生會一起到山上住小木屋、一學期有兩次舞會、每星期三有COFFEE HOUR展現各國的飲食和文化。但真正國際交流的好時機是用餐時間，宿舍提供三餐，雖然食物不好吃，但來自世界各地的學生在長桌子上聊天用餐，很容易就可以認識新朋友並在聊天的過程中了解各國文化。

這一年在美國柏克萊的生活對我來說是人生中最特別的一段日子，和一個英國人分享一間小房間，每天分享生活中發生的大小事情；和一群來自世界各地的人住在同一棟宿舍，每天一起吃飯、聊天。交換學生沒有太重的課業壓力，有更多機會去體驗美國的生活和交朋友，最重要的是培養自己獨立生活和解決問題的能力。

就像其他的美國大學，柏克萊最盛行的運動是美式足球，每年球季都是大家最瘋狂的時候。校隊的球員們就像是球星一樣，在球場附近可以看到球員們的大型海報，比賽時還會訪問最受歡迎的球員。柏克萊的顏色是藍色和黃色，比賽的時候大家都會以這兩個顏色為主打扮自己。

上學期的時候剛好是球季，幾乎每個月都會有比賽，下午時間還常常會聽到樂隊的練習聲音。每到重要的比賽時，球場外面一大早就會聚集許多等著看比賽的人，柏克萊城市還會在比賽時實施特別的交通措施避免塞車和違規

停車。有時候除了柏克萊的學生外，還會有很多比賽對手的學生來看比賽加油。路上放眼望去看到路人身上穿的顏色不是柏克萊的藍色和黃色就是對手的紅色。

每場球賽的票都在球季開始前就差不多賣光了，尤其是熱門的比賽。我很幸運地買到一張比較不熱門的比賽的票，雖然對美式足球的規則一知半解，但球員們的拼勁、大球場的震撼、啦啦隊精彩的表演、樂隊炫麗的加油音樂，讓我覺得來到美國不看場美式足球賽真的會遺憾。

每年柏克萊學生最期待的就是和史丹佛大學的BIG GAME，就像是新竹的清華大學和交通大學一般，加州大學柏克萊分校和史丹佛大學向來就是宿敵。他們每年會舉辦一場BIG GAME，幾乎所有的運動項目都有，每年輪流在兩校舉行。

一般學生如果想要運動的話，可以花十塊美元成為學校健身房的會員。除了有各式各樣器材的健身房外，每天從早到晚都有五花八門有氧課程和肌力訓練課程可以參加，加入會員後還可以使用校內的四座溫水游泳池和所有的室內室外球場。聽說以前的會員費一學期要七十塊錢，自從前幾年調漲學費後才改為一學期十塊錢。

異國學習大不同。

交換學生每學期至少要修十二學分，選課完全採用電腦作業，但不同身分的學生會有不同的選課順位。成績計算可以選擇Letter grade或是Pass／No pass，而最後的成績通常是用百分比計算，以和班上其他同學比較而算出相對分數。在台灣是要八十分以上便可以拿到GPA滿分四分，但在美國可能需要九十分才能有A。跟台灣不同的是，美國學生在進入大學前沒有先選擇主修，而是進入大學先修兩年的通識課程後再選擇科系。由於美國的學費昂貴，很多學生都需要靠自己打工賺學費，所以上起課來特別認真。台灣的學生在高中時期很認真，等到考上大學後邊開始放鬆玩樂；美國的學生則是在高中時玩樂，上了大學後就開始全心投入課業。

美國大學的上課氣氛和台灣很不一樣，教授和學生的互動很多，即使是兩百多人的大班制，教授也會鼓勵學生發言和討論。上課的時候，只要有問題隨時都可以打斷教授舉生發問，如果不同意其他同學的發言也可以隨時舉手反駁和討論。不僅亞洲學生不習慣這種上課方式，就連歐洲學生對美國學生這種愛分享的態度感到很不一樣。

加州大學柏克萊分校的HAAS商學院（Haas School of Business）是全美排名前三的商學院，美國許多名校的商學院沒有成立大學部，因此柏克萊的HAAS是加州地區有意學商的學生的首選。商學院的學生都很積極，對他們而言進入大學不只是為了學歷，還要建立一份完美的履歷表。除了要爭取高分

的GPA之外，學生們還要積極的參加社團、義工活動和累積實習經驗。對於HAAS商學院的學生來說，上大學不只是為了得到學歷，最重要的是在大學的時候為自己建立一份亮眼的履歷表，所以對他們來說社團活動和實習經驗跟課業成績是一樣重要的。

HAAS商學院是大部分柏克萊學生都想申請進的學院，雖然只是交換學生，但在柏克萊校內只要是HAAS商學院的學生對別人來說就很厲害。HAAS商學院享有許多資源，除了專屬的圖書館外，常常會開一些免費或很便宜的電腦課程和社交活動讓學生參加。除了教授們的專業知識外，學校更希望學生學到的是將來工作態度和社交能力。對HAAS商學院的學生來說，大學是建立NETWORK的重要時機，除了教授和同學之外，還要努力跟業界人士建立關係，希望一畢業就可以找到好工作獲得提拔。

美國學生和台灣學生不同，他們忙著自己的工作和活動，除了大一時有時間交朋友之外，大二之後尤其是大三開始修專業科目，大家就會忙得沒時間交新朋友。剛開始的時候，我擔心班上同學都已經互相認識，而可能不容易打入他們的朋友圈，不過第一個星期過完之後我就發現，其實班上互相認識的同學並不多。老師要求分組作報告時，大家就問問坐在附近的人要不要一起，然後幾個不認識的人就組成了一組。這樣對我們新加入的人其實是好事，至少我們不用擔心找不到人跟我們一起做報告。

我在第一學期的時候修了行銷管理的課，一個班大約有兩百多人，每個星期有兩堂課，一堂是教授的講課，另外一堂是助教負責的討論課。助教的討論課將全班兩百多的人分成小班，由助教負責上課，每個星期就會有新

的案例討論，每個人都必須要準備名牌和舉手發言，每一次的發言都會列入成績計算。這是我上的第一堂要分組做報告的課，四個人一組，每組負責一個公司的案例，必須以專業的角度分析案例，為公司提供解決方案然後再對全班做簡報。這對我來說是一個很大的挑戰，除了要和美國學生分組討論之外，還要在全班面前報告。在這堂課中這份報告跟期末考一樣重要，剛開始我一直很擔心會拖累我的夥伴們。正式報告的前一個星期幾乎每天都有長達四五個小時的討論時間，除了分析案例之外，還要進行報告的排演。我很幸運的遇到三個很友善的人，他們除了在討論時間給我協助之外，還幫我修演講稿，一起在空教室裡進行演練。經過很多天的努力之後，我們不僅成為了朋友，還共同完成一份得到高分的報告。

Travel plan

帶著背包旅行去

東岸之旅

當我踏出機艙門，我就知道已經抵達美國的另一端，除了接近零度的天氣，連路上的人走路都走得比較快。紐約的地鐵是我看過最髒歷史最悠久的地鐵，比起台北捷運，紐約地鐵簡直就是蠻荒之地，鐵軌周圍還可以看到老鼠。十二月底的紐約湧進了許多遊客，每個店家都掛滿了聖誕節的裝飾，雖然沒有下雪，卻有一種置身於電影情境的感覺。著名的時代廣場、自由女神、華爾街、大都會美術館、第五大道、百老匯和中央公園，都是電影中出現過的場景。紐約的物價比灣區貴很多，繁忙的街道上到處都是PIZZA店和熱狗攤。我在百老匯看了著名歌劇「獅子王」，還瘋狂的參加了跨年倒數活動，在時代廣場上整整站了九個多小時不能吃東西上廁所，就為了等那顆小小的金球從天而降，雖然很瘋狂，但其實是件很難忘又可以拿來炫耀的事情。結束短短五天的紐約之旅，我搭上前往華盛頓DC的巴士，到了一個完全不同風格的城市。美國國會所在的城市，除了一定要參觀的國會大樓、FBI總部和白宮，最著名的就是完全免費的博物館。DC是一個乾淨的城市，物價也比紐約便宜很多。雖然沒有下雪，但國會大廈前面的池塘結了一層厚厚的冰，冷風一吹來讓人覺

得好像連鼻子都要掉了。東岸之旅的最後一站是盛產龍蝦的波士頓，美國最高學府哈佛和麻省理工學院所在的城市。波士頓是一個很小的城市，但麻雀雖小五臟俱全，利用地鐵甚至是雙腳就可以逛完大半個波士頓。波士頓的人口組成有一大部分是學生，相對比較安全，不像同樣是大學城的柏克萊的路上常常會有遊民。不論是美國的那一個城市，總是混雜著不同人種，不同國家的人帶著不同的憧憬來到這個新移民國家，造就多元的美國文化。

滑雪之旅

北加州附近最著名的滑雪勝地非太浩湖莫屬，在台灣根本不可能有滑雪機會的我，穿上最保暖的衣服和防水的雪褲，挑戰人生的第一次滑雪。厚重的裝備讓人寸步難行，一開始即使是最平緩的坡，也讓我摔得四腳朝天。慢慢抓到訣竅後，發現滑雪要掌握的不過就是利用下半身的律動來控制速度。不過對於初學者來說，滑雪其實是超危險的活動。有點上手之後，不知天高地厚的我坐上了最高的纜車，到達最頂端之後看到大約四十五度的下坡，我就知道死定了。果然，一路上連滑帶滾的翻下山，幸好脖子沒有斷掉。第一次看到大風雪，坐在纜車上感覺鼻涕都結冰了。路邊積雪的厚度快要跟人一樣高，車子不斷打滑，晚上在小木屋裡燒柴取暖，還要把門窗關好以免野生動物跑進屋裡。雪地裡的早晨很亮很白，看到屋外的熊腳印，大概是前一晚的晚餐香味把熊吸引來了。山裡的空氣雖然冷，但卻有一股清新的感覺。

登山之旅

優勝美地國家公園，號稱是加州最美的山，河邊的露營區停滿了露營車，在溪邊烤肉紮營。我帶著輕鬆愉快的心情，準備到這座美麗的山裡健行。沒想到，此行規劃的路線居然是需要六小時才能攻頂的HALF DOME。

相對於我心裡所想的台灣山林遊樂區裡的木頭登山步道，這條路線大部分是人踏出來的小路，或是在瀑布邊的大石頭。早上九點出發，路愈走愈崎嶇，草叢中的鹿群，稍稍振奮了我們的心情。過了中午之後，所謂的路已經被積雪覆蓋。四月的優勝美地山頂仍然有積雪，為了攻頂，我們連走帶爬，雙手快被雪水凍僵，才好不容易「爬」過一段又一段的山坡。準備下山時，已經是下午三點了。當天最慘的事情終於發生了，我們闖進一片樹林，完全迷路了。靠著太陽的方面分辨出東西南北，躲在大石頭後面小解，食物跟水早就都沒了。樹林裡的泥巴地又濕又滑，隨時都可能跌倒，但又不能走太慢，不然就要天黑了。我們一行五個人互相幫助，翻下比人還要高的懸崖，踩著倒下的樹幹撥開樹枝渡過溪流，還在路上看到傳說中的大黑熊。

現在回想起來當出真的是命大，不然不論我們撿了多少樹枝和石頭都打不贏那隻比人還要大的黑熊。好不容易看到正常的小徑，中間卻隔了一道懸崖，我們沿著懸崖走，終於找到勉強可以讓我們翻下去的高度。一開始抱怨難走的路，在經歷樹林驚魂記之後變成了康莊大道，但天色已經漸漸暗了，我們還在深山裡面。快下山時，天已經全黑了，只能靠的手電筒和手機的燈，在空曠的山谷裡往出口的方向走，真的走出山時，已經晚上九點了。想想一整天的種種，雪地、黑熊、懸崖、溪流，這肯定是我這輩子最驚險的登山之旅了。

四月的優勝美地

為了攻頂，我們連走帶爬，
雙手快被雪水凍僵，
才好不容易「爬」過
一段又一段的山坡。
這肯定是我這輩子
最驚險的登山之旅了。

台大的交換學生計畫對學生來説真的是一個很好的機會，當初會決定申請交換學生，主要是因為我希望能在大學結束前做件特別、有意義、能讓我終身難忘的事情，交換學生不需要負擔國外昂貴的大學學費就可以到國外念書，在國外的學分還可以轉回台大抵免。從準備托福、參加校內甄選的考試、填志願、到最後上了加州大學柏克萊分校，我花了很多時間上網瀏覽研究各個國家的學校，最後因為語言問題、學校排名等因素，決定要申請美國的學校。

剛申請上加州大學時，必須要準備很多資料和文件並且排志願選擇要去哪一所分校。加州大學一共有八個分校和台大有合作計畫，看了很多書、問了很多人，最後決定將柏克萊分校排在第一志願。接到通知排上第一志願時，我只知道柏克萊在加州，甚至連在北加州或南加州都不知道，後來看到了美國大學商學院的排名之後，才知道自己真的很幸運的上了商學院排名全美第二的大學。而經過了兩個學期，不僅喜歡上了加州，更對加州大學柏克萊分校培養出了感情。

回到台灣之後的感覺就像是做了一場夢，在柏克萊的種種，對我有一種熟悉卻遙遠的感覺，不知道還有沒有機會再舊地重遊。回家之後，打開FACEBOOK的聯絡人名單，昨天還一起聊天吃飯的朋友，也許這輩子再也沒有機會見面了。

回到台灣之後最常被問到的一個問題是「現在英文應該很強吧？」但對我而言，收穫最大的不在於語言能力的進步，而是我在美國文化薰陶下培養出的人生觀和生活態度。美國就像是一個文化大熔爐，有來自不同國家的外來移民，在同一片土地上，發展出和諧中帶有衝突的特殊風格。

收穫最大的不在於語言能力的進步，而是我在此培養出的人生觀和生活態度。

美國人熱情卻自我，對不認識的人可以很友善，但不容易成為好朋友。美國大學生的積極和對未來的規劃與願景令人難忘，也許台灣學生欠缺的就是那一份自信和勇敢。

在美國的一年讓我體會到世界的競爭——台灣最好的學校放到全世界，其實只是一所不知名的大學。當世界上其他大學生在思考及規劃自己的未來時，台灣學生可能還沉迷在不受拘束的大學生活中。看到美國的學生利用大學四年做為未來職場的跳板，努力充實自己的專業知識和思考能力，同時還要打工賺錢籌學費，種種的一切，除非親身經歷過否則很難體會，也讓我了解到自己的渺小。回到台灣開始找工作之後，在美國磨練的語言能力、進退應對的技巧、獨立自主的精神、積極的態度和獨立思考的能力，都為我的工作提供了極為正面的助力。

相對於台灣的制式教育環境，我認為美國的學生有更多機會在開放的風氣下選擇自己的興趣發展。柏克萊其實是個競爭非常激烈的大學，每個學生都希望在自己的領域中有突出的表現，而不是只追求考試高分。從他們上課的發問可以發現，他們渴望學習的不只是考試的內容，還有知識的本質。如果有機會，我會鼓勵我身邊的人出國體驗不同的生活，不只是為了學歷和文憑，而是去體驗一個完全不同的生活，了解國外的學生的想法。這個世界是平的，數以百萬計的大學生在世界的各個角落學習成長，將來要和台灣學生在同一個舞臺上競爭。在柏克萊生活的這一年，帶給我最大的收穫就是培養出不同的人生觀和國際觀，讓我知道必須努力提升自己的競爭力和學習一技之長。

很開心和大家分享這樣的經驗，希望大家求學甚至人生之路都能找到自己的一片天，共勉之。

USA

美國
自由與資源豐沛之地

陳稚揚
政大中文系→美國華盛頓大學

到美國受教育似乎是許多台灣莘莘學子的盼望，尤其是美國大學標榜的自由學風，讓許多人申請出國唸書都以美國為目的地。

也的確，美國的大學教學資源豐沛，所以可以利用的就要盡量利用，不必客氣！

異國生活初體驗

我記得在我出國前，有位曾是交換學生的學姐跟我說：「不要侷限自己！」做每一件事之前，都不要限制自己，從前在台灣不敢嘗試的事，一出國後就給自己一次機會，體驗不同於以往的人生！不過，這並非鼓勵你照單全收，任何新體驗都要嘗試也是很危險的！我有認識的朋友從前在台灣菸酒不沾，到美國後夜夜都在party中狂歡，不僅學業荒廢還把身體搞差，這大概是他始料未及的！

對於交換學生而言，最好的交換期限是一年，因為如此一來，各個季節的特殊活動都能參與，也才能更加認識你所待的國家！然而，也由於交換期限是一年，所以更要把握時間，有些活動時間一過便要再等一年呢！待在華盛頓大學的這一年，有件事我便很懊惱沒參與到，就是每年秋季舉辦校際間的橄欖球比賽(Football Season)。橄欖球在美國是非常盛行的活動，每當賽事一近，所有民眾都會很熱情的穿上自己所支持隊伍的校服，到場為他們歡呼喝采！不能到場參與的，也一定會全家大小圍在電視機前關注戰情。這種盛況讓我有一次經過校園時，被裡頭傳來的超震撼加油聲嚇了一大跳，還以為學校發生暴動！

冬季的西雅圖則是讓人不敢領教，超低溫加上綿雨不斷，除了待在有暖氣的室內，哪裡都不想去！不知算不算幸運，以往的西雅圖即使冬季也很少飄雪，但在我交換期間的這一年內，西雅圖居然下了好幾場雪，令人印象最深刻的是到了四月底的某個午後，天空竟毫無預警地飄起雪來，綿綿白雪還夾雜冰雹，當時正在等公車的我完全傻眼，原來五月雪並非不可能！一旁行經的小客車司機搖下車窗來，衝著我一笑，很幽默地對我說：「Nice Weather, right?」「Ya! What a nice weather!」

既然天公這麼賞臉，不斷降雪，冬季便是去滑雪的好時機！從小在台灣長大的人幾乎沒有機會接觸到雪，似乎唯一看雪的機會是等待寒流過境，當陽明山開始飄雪，便準備大排長龍地開車攻頂，就為了和其他同樣也興奮不已的民衆爭相目睹何謂雪。還記得二〇〇七年西雅圖的第一場雪降在十二月一日，當我還在宿舍吃著早餐時，陸續接到幾通電話，雖然打來的人不同，但相同的是他們興奮的語氣：「快看窗外！開始下雪了！」於是我便和朋友匆匆忙忙地套上厚外套，抓了相機就往外跑，感受雪花迎面襲來，雖然手指凍得幾乎按不下快門，內心的興奮還是讓我們在雪地上放肆地笑著、打鬧著，堆起一座座只屬於自己的雪人……。

而我第一次嘗試滑雪，則是在溫哥華的Grouse Mountain，對於滑雪完全陌生的我，穿上重達兩公斤的雪鞋後，成功化身為肢體殘障者！看到一群小孩連走路都走不穩，但已經熟練地拿著滑雪板，聽從教練的指示在練習，悠遊自在地在雪道上滑行。我內心有種感嘆為何自己不是生長在會下雪的國度，這樣我也能從小培養起高超的滑雪技巧！凡事起頭難，我第一次的滑雪處女秀就不斷地在跌倒、爬起又再度跌倒中度過，真是辛苦了當時陪我練習的同學！

但愈挫愈勇的我，回到西雅圖後有了第二次的滑雪機會，二話不說扛起向別人借來的滑雪裝備就上山囉！相較於第一次完全菜鳥的我，這次終於學會了S型滑雪，發現自己能夠在跌倒前先緊急煞車，而不至於跌個狗吃屎，這點真是讓我莫名地虛榮了起來！不過我也意外地發現到，滑雪最恐怖的體驗其實是坐纜車！當纜車載你到定點時，你必須在精準的時間點離座，然後立即站穩滑向一旁的滑雪道，恐怖的是，纜車的速度並不會因為你要離席而

LANDMARK THEATRES
143 E. HOUSTON ST
777-FILM #687
NEWMARKET FILMS
FRIDAY

減緩，所以通常我都抱持著反正一定會跌倒的心態，勸自己慢慢來，但偏偏坐在後面的人也必須要離席，導致你即使跌得很慘還要趕快「爬」離現場，不然堵塞交通，事態就嚴重了，這點對我而言充滿了挑戰性！十次之中有八次我是以屁股著地的方式前進。雖然跌得很慘，但滑雪真的是全新的體驗，置身於白色國度中，享受失速的快感，一次又一次從雪地站起的滋味，如今我還能深刻感受。

春、夏季是西雅圖最風光明媚的時節，對於華盛頓大學的學生而言，最大的享受便是坐在Quad草坪上，一面曬著太陽一面看書，而每年的三、四月正是櫻花盛開的時刻，屆時Quad周圍的櫻花樹會紛紛吐露芬芳，躺在草坪上，迎著微風，靜靜地看著佈滿櫻花的天空，內心的感動是難以形容的！每當到了這季節，校園內會多出許多慕名而來的觀光客，大家爭相拍下櫻花綻放的姿態，想捕捉花瓣如雪紛飛的美麗畫面。

在西雅圖生活，漸漸了解到何謂「湖光山色」，雖然一年之中有將近八個月西雅圖都籠罩在綿綿細雨，但每當一放晴，便和好友相約前往校園旁的華盛頓湖划船，如此閒情逸致的生活步調，是從小生長在台北都市的我無法想像的！

異國學習大不同。

選課是一門很重要的學問，每個人選課的依據都不同，有些人只想選easy pass的課，因此會專門打聽哪些教授喜歡給 A；而有些人則對富有挑戰性的課有興趣，雖然明知修了這堂課，即等同於與無數的paper共生，但只要對科目有興趣，還是很值得嘗試的！

對於交換學生而言，很重要的一點就是明白自己的目的，想認真的鑽研課業？那就必須事先調查好哪位教授的課能讓你收穫良多，想繼續深造自己的本科目還是換跑道，這些都要考慮清楚後才做決定。我有位朋友因為很清楚自己的方向，到華盛頓大學當交換學生一年內，認真修習自己本科目，而且成績亮眼，最後成功申請轉學進入華盛頓大學，而她計畫要在明年申請華大研究所！

想要多體驗新生活？便不要過度挑戰自己的極限，專門選艱澀的科目會讓你在每個週末都只能和課本度過。以我自己而言，我在出國前便知道比起書本中的知識，我更想體驗外面的世界，所以在華盛頓大學的三個學季中，我選課的原則是：盡量選在台灣的大學中無法修習的課，而且課業的壓力在能承受的一定範圍內。因此一年下來，我選的課五花八門，各個領域都有：從心理學到地球科學，戲劇到音樂，比較文學及電影探討，還有讓我受益良多的兩門教育學。

令我印象深刻的一點是，華盛頓大學開設許多「奇妙」的課，之所以用「奇妙」這形容詞，是因為這些課大多無法在台灣看到。舉例而言，有堂課專門探討李小龍的功夫，也有的課是研究外太空有沒有生物存在，還有一堂很勁爆的課名為「Human Sexuality」是一堂人數高達五百人的講座課，除了探討同性及異性戀的性行為外，每週還固定播放一次影片！其他還有許多令人

12月再見囉！
Pierce 9/22/04

意想不到的課，讓人覺得選課也是種樂趣！

在選課方面，交換學生有一很大的優點異於一般學生，那便是我們不會束縛於必修科目，能盡情享受自由選課的快感！許多朋友常跟我抱怨他們也很想選自己有興趣，又好玩的課，偏偏礙於太多必修科目，讓他們只能乾瞪眼，所以囉，在選課時，要努力尋找自己想嘗試的科目，不用怕自己沒有底子，最重要的是「Give it a try!」或許你會發掘自己另一方面的才華喔！

在華盛頓大學待了三個quarter，深深覺得這裡修課情形和台灣有很大的不同。台灣的大學是以學期制（semester）為主，華盛頓大學則採學季制（quarter），很多人問我覺得哪一種制度比較好，我覺得以交換學生的角度而言，學季制是佔比較大的優勢，因為一年中便有三次長假（winter break, spring break, and summer break），規劃如何利用假期到處旅遊是交換學生的另一門必修課程。然而，以美國當地學生的角度而言，學季制其實是很累人的，試想剛開學不到三週便要面臨期中考，外加一堆趕都趕不完的報告，等你覺得稍微可以喘口氣時，卻發現期末考已迫在眉睫，心情實在十分無奈，連罵髒話抱怨的時間都嫌多餘！但從另一方面而言，如果你修到了一堂非常不討喜的課，飛也似的學季制可以讓你早點從苦海解脫。

由於每學季都只有十週上課時間，要如何妥善運用時間吸收課堂知識是一門功夫。我發現在美國唸書必須要很「活」，不是死抱著原文教科書就可以讓你拿高分，大部分的教授會以綱要式的重點來授課，只給學生一個框架，而其餘的部分就必須靠自己來填補。想要完全啃完少則八百頁的原文書不是不可能，怕的是即使這樣下功夫，還是有可能拿不到好成績。以我在秋

季班曾修的心理學概論為例，我們用的教科書高達一千頁，共有十七個章節，想要在十週內拚完進度，老師在課堂上不可能每章節都說明得很詳細，但老師強調考試範圍包括出現在教科書的重點，即使他上課未曾提及，我們還是要乖乖地自己回家念。當時我聽到這消息，再望向厚得不像話的教科書，內心不禁涼了一半，所幸後來逐漸摸索出如何抓重點，讓我不必被心理學的重擔壓死。面對眼前龐大的閱讀量，我知道自己無法坐在桌前「詳讀」每一章節，因此我決定從每章節附錄的「Key Terms」下手，看到陌生的專有名詞，便在旁做記號，確定每一個重要概念都懂了後，再配合老師上課講的重點，如此一來可以省下很多時間（省下來的時間就可以到處去玩了，多好！），又可以確保成績維持在一定的水平。

異國生活大不同

入冬之後，Winter break長達三星期，早在學期還沒結束前，我就開始策劃要如何運用這寶貴假期，一邊找資料一邊揪人加入我的背包族之旅，同樣來自台灣的Joan聽到我瘋狂的計畫，不但沒被嚇跑，願意和我遠走天涯，於是我們在結束忙碌的期末考週隔天便飛往自助旅行的第一站——舊金山。透過助教Shuli的介紹，我們得以待在她未婚夫Satoshi位於舊金山的家，讓我們省去找旅館的麻煩，每天搭乘火車來回舊金山downtown也是一番樂趣。

舊金山是個很適合自助旅行的城市，即使我和Joan兩人都是大路癡，每天拿著地圖還是能夠穿梭在舊金山downtown，玩得不亦樂乎！我們造訪了史丹佛大學Stanford University和加州大學柏克萊分校University of California, Berkeley兩所名校，發現美國校園真是各有特色，若要比較還真不曉得從何下手。Stanford的校園景色令我印象極深刻，尤其是在校園中心處矗立著一座羅馬式風格的教堂——Memorial Church，教堂外五彩繽紛的彩繪玻璃在夕陽餘暉的照映下更顯得奪目，Joan和我兩人被眼前的壯麗震懾得說不出話，這座有名的教堂吸引了許多觀光客，當天也有新人在教堂外拍婚紗照，說是Stanford的代表性建築物也不為過！另外還有一處也很具特色，Stanford以校園自由開

放風氣聞名，校內有座雕像是兩名女子坐在椅上互相依偎，當時我看到這座雕像還不曉得它大有來頭，對這座雕像做出許多愚蠢的姿勢，後來一看到介紹牌子才曉得這是在一九八〇年代為了訴求同性戀人權所設計，感到十分糗的我只得暗自祈禱剛剛沒有人目睹這一切……

相較於Stanford，Berkeley的校園風景就沒有給我很大的衝擊，不過當我們一踏進校園，就看到有人在旁打架鬧事，也只能說美國校園果真自由開放！比較可惜的是由於當天仍在假期中，我們沒有機會和當地的學生交流，無從得知校園祕辛，只能當個觀光客四處探險、四處留影。

待在舊金山的最後一夜恰巧是平安夜，也是我目前所經歷過最難忘的平安夜！當天我們參觀了頗富盛名的多羅麗教堂（Mission Dolores），在步出教堂後，我們倆一邊討論待會要去哪大快朵頤，一邊隨意走在街頭，漸漸我發覺有些不對勁，周遭愈來愈多聚集的黑人，於是我向Joan提議先坐上公車離開這裡，不巧的是我們上錯公車，為了不想讓這班車將帶向我們未知的遠方，我們決定還是下一站下車，拿出地圖好好研究一番。當我們在公車站牌討論時，在旁的一名黑人女性開口詢問我們需要幫忙嗎？還以為遇到好心人士的我向她詢問該如何回市區，沒想到這名女性開始向我們勒索，叫我們先給她二十元美金再說，她身旁的朋友也跟著附和。一開始我以為這是美國人的幽默，還笑笑的和她們拉咧，但下一秒當我發現她們兩人手上拿的是大麻時，腦中警鈴大作，內心浮現的話是：「這該不會是傳說中的搶劫吧！」不曉得哪來的靈感，由於我當時手上拿著教堂發送的月曆，我將印有聖母瑪利亞的封面朝向她們，希望她們能有所醒悟，良心發現而放我們一馬，但這招看來對她們沒用就是了。於是我們來自台灣的兩名弱女子對上了眼前看似強悍，

但我總覺得她們只是小嘍嘍的女子搶匪二人組開始了一場鬥智賽，黑人女子先發制人，開始對我們撂下一長串的髒話，想逼我們就範。若是我聽不懂英文就算了，偏偏她說的我都聽得懂，唉，第一次覺得學英文也有缺點。不想乖乖把錢交給她們，於是我採取的是拖延戰術，向她們說我們只有硬幣，要的話全部都拿去，女子搶匪二人組顯然對我的答覆很不滿，開始想要動手拉我們的包包，為了避免和她們有肢體衝突，此時Joan拿出了五張一元美金，強調我們只是窮學生來玩而已，覺得總算有所收穫的搶匪露出了微微一笑，但下一秒立刻兇神惡煞地要我們掏出更多錢，幸好Joan當時皮夾內有一張一百元台幣，當我們秀出這張鈔票時，女子搶匪二人組眼睛都亮了，我想也只有在此刻才能感謝台灣並不是個揚名國際的國家。

當黑人女子詢問這張鈔票值多少美金時，我想都沒想立刻脫口而出：「Twenty dollars!」身旁的Joan聽到我這麼一說愣了一下，但冰雪聰明如她，立刻加入這場世紀末大騙局，點頭附和。黑人女子的朋友似乎有些概念，認為我們在騙她們，她仔細端詳鈔票後，緩緩說出：「I think it's 5 dollars.」可惜這不是全民估價王的節目，不然我就可以對她喊：「再低一點！再低一點！」怕被

Hoover Tower

...ford Quad

她們識破我們的計畫，我只得用無比堅定的口氣向她們保證這張鈔票的價值，而且叫她們去問路人也無妨，或許是我不容懷疑的口氣讓她們相信了我們的鬼話，總之眼前搶匪二人組的心防看似有鬆懈的傾象，就在此時有台公車接近，在向路人求救後，我們終於脫離了搶匪二人組的魔掌，踏上公車的剎那，Joan立刻放聲大哭，我則是全身無力，眼前的公車司機以慈愛父親的眼神望向我們，告訴我們下次要小心點，這個區域治安很亂，說完還順手撕下兩張公車票，說是彌補我們被搶的錢，老實說我當下還滿想笑的，不過公車司機的關懷讓我們兩人在寒冬中也感受到了無比珍貴的暖意。

經歷過一場難以忘懷的平安夜驚魂，讓我對舊金山懷有複雜的情緒，我還記得騎單車穿越金門大橋時的興奮；和Joan兩人走在全世界最彎一條路Lombard Street的車道上，一面嘻笑而下一面互相錄下對方的感想；在攝氏不到五度的夜晚兩人摸黑衝上Twin Peaks，只為了拍下舊金山的夜景，雖然天氣冷得我直發抖，差點連快門都按不下，但當我站在山頂俯瞰腳下的星光點點時，那股感動幾乎塞滿我的心臟，覺得一切都值得了……所有的回憶都是如此鮮明，即使歷經這場恐怖的體驗，舊金山的美依然令我怦然心動，久久不已！

告別舊金山後，我們立刻飛往幾乎是人人心目中美國朝聖之地——紐約！慘的是我們在聖誕節當天花了十幾個小時轉機，抵達紐約機場時已是半夜一點多，於是我們只好在機場待一晚，沒想到領行李時發現我行李箱的手把被弄斷，一連串的衰事讓我精疲力盡。半夜兩點在機場接到來自台灣的電話，聽到最想聽的聲音時讓我忍不住崩潰大哭，好險半夜旅客不多，不然又要上演一齣注目秀了。

紐約，是個處處充滿驚奇的城市，不曉得聽誰說過，走在紐約的大街上絕對不會無聊，你隨便拐個彎都能找到樂趣！對我來說，事實的確是如此。許多電影取景於紐約，像是中央公園、中央車站等都是好萊塢電影裡常出現的場景，當我們漫步在這些著名景點時，腦海中總不禁浮出一幕又一幕電影畫面，然後暗自期待會不會在下個轉角碰到基努李維。另外紐約也以為數衆多的博物館聞名，我們造訪了自然歷史博物館、現代美術館、以及著名的大都會博物館，到處都是人滿為患，令人感受到紐約文藝氣質的濃厚。

除了文藝氣息外，紐約也是個充滿活力的都市，聞名全球的紐約百老匯歌舞劇展現的就是紐約獨樹一格的文化。我們原先預定要看Hairspray，沒想到票已售完，幸好Broadway上歌舞劇院多得是，下個轉角映入我們眼簾的正是一家上演Chicaco的劇院！更幸運的是我們用極優惠的價錢買到rush tickets，原本一張最便宜從美金九十元起跳的票，我們只花了三十元不到！看完百老匯歌舞秀後，終於了解其中的魅力所在，當演員在你眼前載歌載舞，排出極為華麗的陣仗時，移開目光變成了不可能的事情！劇終落幕時，所有的觀衆都忍不住起立鼓掌叫好，為台上專業的演員獻上最熱烈的掌聲。

二〇〇七年的最後一天我在紐約時代廣場與來自世界各地的幾百萬人一同跨年倒數，在我身旁有各種膚色的人種，說著世界各地的語言，第一次覺得世界原來是如此廣大，卻也是如此無距離。每一個人臉上洋溢著喜悅之情，當大家一起倒數五、四、三、二、一時，眼前燦爛的煙火秀為我們揭開了二〇〇八的序幕。耳邊響起了John Lennon的經典名曲——Imagine，相信在時代廣場的每一人都不會忘記此刻的感動！

Travel plan

帶著背包旅行去

待在美國的這一年，是我第一次體會到當backpacker的滋味，因為每個quarter間都會有假期，通常少至一星期，多至三個月，因此在出國前我便下定決心每逢假期一定要出去探險。由於機票是愈早訂愈便宜，每當學期還沒結束，我就會開始計畫要去的目的地，因此愈接近學期末，我反而會愈忙，當一堆考試報告等著你去KO的同時，還要忙著處理機票和旅館的事，我當時真是覺得玩也是很累的一件事！

不過這一切辛苦都是值得的！在西雅圖交換的這一年內，我造訪了西岸的洛杉磯、舊金山，欣賞加州迷人的風景；冬天時直衝東岸的紐約，享受在寒風刺骨中與來自世界各地的人一起倒數跨年的興奮；在加拿大第一次滑雪處女秀；還和朋友勇闖中美洲，感受當地居民的熱情。跑過一個又一個城市，遇到許多來自不同背景的人，在累積的里程數中，逐漸體會到世界是多麼廣大，多麼吸引人！

加州風光

待在西雅圖的日子，常常要忍受三天兩頭都在陰雨濛濛中度過，即使我是中文系出身，看到這般讓人失去活力的蕭瑟，也無力地不想吟詩作對一番。（好吧，即使是平常，我也作不出詩來，哈哈！）當時我只覺得，再這樣下去，我就要喪失身為年輕人的無限鬥志了！常聽聞加州陽光的魅力，於是在第一個假期-感恩節時，我便飛往洛杉磯，內心的OS是：陽光、白雲（不是綜藝節目上的那位）、沙灘，我來了！

不巧的是，當我抵達洛杉磯時，正是十一月中旬，氣候溫差很大，中午陽光炙人，但早晚的溫差讓我鼻水直流，雖說如此，待在洛杉磯的短短四天，卻仍讓我留下深刻的記憶。

洛杉磯和西雅圖很不同的一點就是，台灣人超多！不管走在哪，迎面而來的幾乎都是華人面孔，我同學從高中移民洛杉磯，她覺得即使不會講英文也可以在這裡生存，因為講中文的機率還比較高。為了證明台灣人在洛杉磯已有一定的勢力範圍，我同學還帶我去珍珠奶茶店，果不其然，一踏進店門口，耳邊傳來周杰倫的音樂，眼前全都是台灣人！這一切熟悉的感覺，讓我有種已經回到台灣的錯覺。

來到了洛杉磯，不能不光顧傳說中的迪士尼樂園！我們一大早出發前往夢中聖地，從售票口排隊的人潮可以想見迪士尼一年賺進多少財富！同行的友人中，恰巧有一人當天生日，因此她得到了當日壽星的徽章，千萬不要小看這枚小小的徽章，當她一踏進迪士尼樂園，所有迎面而來的員工都會展露出無比燦爛的笑容，對著我同學說聲：Happy Birthday！只見我同學頓時化身為萬人迷，一一回報他們優雅的笑容，再輕輕的揮一揮手，連在身旁的我們，都可以連帶享受這種難得的虛榮，因此學到的教訓就是，下次記得挑生日當天來迪士尼樂園。瘋狂的我們，從迪士尼樂園一大早開門營業玩到半夜快一點，要回家前還是覺得意猶未盡，很想再衝一次！可見迪士尼樂園的吸引力有多大，可惜的是，當晚由於風向問題，原本該看到的煙火取消了，唉，就當作讓自己下一次還要造訪迪士尼的藉口好了！

除了人人必拜訪的聖地迪士尼樂園外，還有另一處也是旅客絡繹不絕——環球影城（Universal Studio）！一踏進環球影城，立刻感受到好萊塢電影的氣息，我們坐上了Backlot Tram Tour，參觀各知名場景，置身於電影中的拍片地點有種不可思議的感覺，一想到Jim Carrey, Tom Cruise 也曾在站在這條街上讓我們興奮不已！環球影城還有另一大賣點，可以和電影明星造型玩偶合照，我們為了和史瑞克（Shrek）拍照，光排隊就花了四十分鐘！當史瑞克那對滑稽似的耳朵離我只有咫尺時，我真有股衝動去拉拉看，但怕被保安人員駕走，我看還是乖乖的一起合照就好。

在LA度過的感恩節（Thanksgiving）也令我印象極深刻，由於許多店家在感恩節當晚是不營業的，我們開車在街上穿梭，試著找尋火雞的身影，想一圓感恩節吃火雞的夢，過了近一小時無意義的找尋火雞之旅後，我們決定向餓得咕嚕咕嚕叫的肚皮投降，管他什麼火雞，能祭五臟廟才重要。開進日本城（Japan Town）後，眼尖的Jamie發現了一家還在營業的日本料理店，二話不說我們立刻殺進去搶位子，能找到在感恩節夜晚仍做生意的店家讓我們感動到泫然欲涕，但看到菜單才是真正飆淚的時刻，我們踏進的是一家價格不斐的高級日本料理店，最便宜的套餐從三十五元美金起跳，看著眼前招呼我們的日本女主人笑得合不攏嘴，還有在她身後一排專業級的大廚，認真嚴肅的聽候我們吩咐，彷彿我們一聲令下，他們就要立刻獻上店內最豪華的沙西米。眼前這陣丈讓我們只得硬著頭皮：「害！害！」（日文：是！是！）跟著應和。除了價錢超出我們預算外，這家日本料理店的確是值得光顧，每位廚師在我們面前俐落地切煮烹調，面對食材不絲一苟的處理態度，甚至謹慎恭維地將餐點端至我們面前，彷彿這不僅僅是一道佳餚，而是他們精心設計的藝術品，使我們不禁也以認真的態度來面對。結果，好不好吃？看我們走出餐廳時無限滿足的表情就知道啦！

在告別LA前，我們還衝到聖地牙哥（San Diego）的Venus Beach，好好欣賞加州海岸線的美景，在落日餘暉下，我們在沙灘上留下自己的名字、足跡，然後看著浪花逐漸吞噬掉我們的回憶，心裡想著，不知下一次來這片沙灘是何時，帶著些許落寞，我們向LA說掰掰！

Halloween

第一次在西雅圖慶祝Halloween，
和來自世界各地的學生比賽刻南瓜，
結果皮卡丘造型大獲好評！
半夜和朋友參加鬼屋試膽大會，
嚇死我了！看到照片中
笑得開懷的女鬼了嗎？

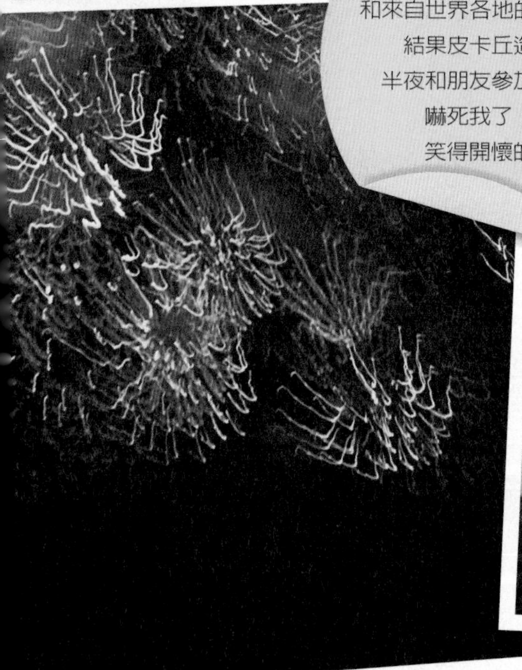

到美國受教育似乎是許多台灣莘莘學子的盼望，尤其是美國大學標榜的自由學風，讓許多人申請出國唸書都以美國為目的地。來美國修課後，我深深地感受到何謂University。我常常在想「Universe」和「University」之間的關係，進入大學教育殿堂是否就該體驗到知識的浩瀚有如宇宙般無涯，如果每個人都是在宇宙中運行的星體，在人際交往間，又能激盪出何種火花呢？

在這一年中，我深深感受到學分制的不同會影響學生學習狀況。華盛頓大學要求full time學生一個學季必須修滿十二個學分。乍聽之下，很多人或許會覺得：「哇！這麼好！只要修十二學分就好了！」對於台灣的大學生而言，一個學期至少修二十三學分是很正常的事，有雙修、輔系的同學更不用說，動輒一學期便修三十學分以上！然而，關於學分分配這方面，美國和台灣的大學其實有很大的不同。

華盛頓大學所開設的課堂，一門課最多五學分，少則一學分，所以通常一學季適合修三到四門課，當然也要分配課堂的難易度來排課表。而一門課五學分聽起來很恐怖，不過異於台灣的上課方式，在美國一門課五學分是指平均一週總共上五個小時。舉例而言，我在秋季班修的心理學概論便是一週內每天一小時，而不是「連」著聽五個小時的講座！所以平均分配時間下來，學生的彈性時間其實還不少，不會發生疲於奔波各課堂的情形。

在政治大學修課時，通常我都會很猶豫該不該選三學分的課，因為連著三小時聽課實在是折磨自己，而且到第三堂課很容易呈現放空狀態，已經無法接收教授傳送的訊息了！華盛頓大學的「人性化」設計課程，讓我覺得比較能吸收知識，而且由於平均兩三天便接觸課題，也不用絞盡腦汁回想上堂課到底在教什麼，對於這種上課模式，我是舉雙手贊成的！

自己常常在思考「Universe」和「University」之間的關係，以及大學教育是什麼？

在美國修課的期間，對於這裡教學資源的豐沛感到很不可思議。華盛頓大學很強調教師與學生的比例，為了保障教學的品質，即使是多達三百人的大堂講課，也會盡量分配助教給學生，而平均一個助教的班上有二十五個學生。另外，幾乎每堂課都有專屬網站，教授會把課程大綱及課程內容的簡報檔案上傳，甚至我還遇過有些教授會把每週的重點筆記放在課堂網站上，所花費的心力可想而知。另外，華盛頓大學也很重視學生的課後輔導——CLUE（The Center for Learning and Undergraduate Enrichment）是一種專門提供免費的家教輔導，輔導的課業包含數學、會計、物理及化學等相關領域，也有一對一的各種語言課程，如德文、法文、義大利文、希伯來文等。除此之外，幾乎各系所都有提供免費的寫作輔導（The Writing Center），每當要交報告前，幾乎所有學生都會搶破頭地上網預約輔導時間。我自己剛到美國時，對於少則十頁以上的報告感到很頭痛，常常到The Writing Center求救，真的是受益良多，因為一對一的溝通過程中，他們會明確地指出哪裡需要加強。另外，多多利用教授的office hour也是能讓自己更了解課堂內容的方式。美國的教授大多都很鼓勵學生利用office hour來和他們討論課業上的問題，我自己曾因為對於期末報告內容完全沒有頭緒，而跑去向教授坦承，教授是一名義大利人，非常風趣，他說了一句：「You don't have to care about what bullshit I've said, just write down your opinion.」接著便和我討論該如何著手報告，讓我最後成功的解決了！

美國的大學教學資源豐沛，所以可以利用的就要盡量利用，不必客氣！畢竟這裡的學費高得嚇人，如果沒有妥善運用這些資源，就太對不起自己的荷包了！

Hong Kong

香港

像故鄉的異鄉

魏欣妍
政大政治系→香港城市大學

台北香港，香港台北。常有似曾相識的錯覺，相像卻又完全獨立。不一樣的連其味道都不相同。

這裡讓我感知異鄉的美妙，卻又無時無刻不透露著家鄉勾引的懷抱。

異國生活初體驗

香港，一個很近又很遠的地方。

和台北如此相像卻又是如此的不一樣。

不是第一次來到香港，之前的印象只有人群如同螞蟻般黑壓壓的平鋪在由銀白高樓大廈環伺的區塊上。此行第二次造訪，心境完全不相同，有一種背離故鄉的強說愁，雖也只不過是離海不到兩個小時的距離。

交換學生，交換的不只是國家。是風土民情，是記憶，是人，是一場冒險和試煉。試煉心胸橫向發展的可能性有多大，回歸故鄉固有模式的危險性有多高。

面對的不只是各國不同的面孔和輪廓，更是相似的背景下沒有矯飾的經驗和衝擊。

香港，開始大家都會質疑同是亞洲國家，何苦再花一年造訪，自己起初也充滿猶慮。隨著日子的開展，逐漸相信這個獨立於外的海島值得我的更深一步探訪和學習。也許言猶過早，但是我的正向性肯定我的決策。

我所在的香港城市大學（City University of Hong Kong），位於MTR九龍站又一城的旁邊。

所謂又一城，即是百貨公司。

很有趣的擺設，沒錯，進入我的大學必須先通過高挑明亮潔淨的百貨公司廊道。

CityU不大，像是一棟商業大樓，所有的教室都囊括在Academic Building之中。雖然小，卻如同密室一般處處充滿玄機，到特定的教室還必須要搭特定的手電梯才能到達。我花了整整半小時只為了找到教室去聽一堂School of Creative Media的課。看似結構簡單卻又帶著神祕的學校。

吃飯

CityU的「Can teen」，也就是學生餐廳，據一些香港在地學生的說法為香港屬一屬二。我的floor mate Xenia不這麼覺得，我卻滿足於香港式的學生餐點。大家刻板印象再熟悉不過的燒臘、車仔麵加上不同配料、蛋塔、豆腐花（豆花！）、各式小點（港式點心！）等等等等，我心滿意足。

宿舍

這邊所謂的Hall。我住在Hall 3，小小的房間，兩個人分享。乾淨清爽令人開心的小天地，最棒的是四個人分享一間衛浴。還可以多認識你的「toilet mate」。

我很幸運的可以和在地香港人同房，她叫做Cherry。

以一口流利的「普通話」同我聊天，我訝異於台劇的威力。

Cherry很溫暖，很忙很溫暖。

當她說她很抱歉還沒有時間帶我出去看看走走的時候，我慶幸自己有一位可愛的室友。

現在開學第一個禮拜，我在宿舍期待。

之二

交換學生的日子看起來無憂無慮，或許對大部分人是這樣沒錯。我卻在某些時刻感到孤獨，進一步的說，甚至是寂寞。這也許是交換到異地必須面對也珍貴的時刻。一開始打算申請交換學生原因是體驗、是感受。但一部分的自己想要逃離。想要試試看自己一個人隻身在外會是什麼樣，想要嘗嘗獨立的滋味。以為可以拋下原有的一切，在一個陌生（雖說香港可說是既陌生又熟悉）的國度裡重新開始，從頭出發也從零出發。

但是一切沒有這麼容易。

關於異地

以為到了異地可以逃離，可以重新滌清自己。

但其實相反的只是更加心無旁騖的從很深很深的地方審視自己。

看著自己從過去緩緩落下，以慢動作的視角運鏡放大。

把自己赤裸的攤開，然後兀自好大一口氣的吞下。

再慢慢咀嚼，也同時阻絕。

在香港，這個在我眼中醜陋又美麗的城市。不是醜陋，卻醜陋的如此炫爛美麗的城市。我在這個地方，得到最多最真實的，卻是自我的本身。

她讓我學會了如何自處，並且悠遊於她的光華和斑駁。

她讓我學會看清自己、接受自己並且進一步的喜歡自己，即使殘缺與不足。

即使孤獨。

異國生活大不同

關於咖啡室

香港是一個太匆忙的地方，沒有時間也沒有空間讓你多一秒停留。

我一直是懶惰又懶散的人，找尋藉口讓自己停留喘息在旁人看來已是太過閒適的生活。咖啡廳是一個很棒的選擇，中途暫停的避難所。

台北的咖啡廳近來氾濫的俯拾即是，種類也相當多。丹堤、西雅圖，給國高中念書暫時逃脫升學體制下壓力的角落；星巴克，全球化下每個人都可擁有的名牌，好不好喝沒有那個人魚女人的logo重要；黑潮、挪威的森林，文藝少年少女的聚集地，沒有人質疑落單及獨自的原因。不管是等等之類，總是念書敘舊聽音樂聊天甚至逛街休息的好地方，在中停留的理由很堅強。

香港則不一樣。香港的服務生很勤勞動作很快，咖啡見底的那剎那就是你該拍拍屁股走人的時候。

而它稱作咖啡室，我認為它也的確不太適合咖啡廳這樣的稱號。

在香港特有的是樓上咖啡室，由於租金太高空間太珍貴，聰明的香港人轉戰於公寓樓上，大廈之中等等。樓上咖啡室比較像是東區後街的泡沫紅茶店林立，常常開個整夜，是香港年輕人閒晃聚集，特別是一大群人玩game的地方。

我在開學前幾個禮拜循著旅遊書上找尋嚮往已久的咖啡室——人民公社。位於二樓透過窗戶看著銅鑼灣時代廣場上來往的人潮，如海水一樣的人潮真的不誇張。老闆很親切，女服務生很脫俗，還讓我遇到了劉青雲。看來香港的明星想找尋一個安靜的地方也著實不易。

香港的咖啡廳不是太值得討論，茶餐廳才是。

香港獨有的風格，茶餐廳中可以看到香港的縮影，中西文化交匯融合最好的典範。

（在香港吃東西碗筷都要先用茶水洗過，這應該大家都知道不稀奇，但是當你融入之中再抽離出來觀看還是相當有趣。）

茶餐廳有著一種氣氛。有著一種共同又是獨立，個體分享著集體的氣氛。每個人之間有著微妙的距離，那是界線，輕易可以跨越但是那微不足道的勇氣總讓人拉不下臉。

我在一天晴朗的下午自己為自己策劃一場郊遊，打算先去填飽肚子。在美麗的中環靠近上環街道遊走，無意中尋覓到找尋已久的半島茶餐廳。這也是為什麼我愛香港，總在偶然的晃蕩中發現隱藏的美好。唯一的空位在一位時髦的女人對面。點了個頭之後我有點故做輕鬆的看菜單。在香港一段時間了，每次點餐還是有點沒用的膽怯。那女人看了看我，邊綻出一個微笑邊幫我向老板點餐，我還記得我點的是炒丁，也就是炒公仔麵加上有名的半島奶茶。

女人開始親切的詢問我從哪裡來。在幾番對話之後，原來她的丈夫是髮型師也常常跑去台北工作，她對台北還算熟悉，我們聊得很愉快。世界其實真的很小，就算不是來自相同的根也常有相同的經驗和背景。那天她先離開之後，我回想今天的午茶邊不自覺的微笑。或許我們都已經遺忘人與人之間的交流可以是多麼簡單和純粹，被逼著長大逼著把所面對的不確定當作假想敵。把盔甲卸下，從此發現天光的美好。

巷弄

香港的巷弄是最迷人了。中環靠近上環，應該說是上環那一帶高高低低，充滿著攤販美食，古董藝廊，很棒的異國美食（東南亞美食特別道地），香港難得出現的咖啡廳還有一到了晚上像雨後春筍出現的bar。

我的台灣朋友和外國朋友曾帶我去一間白天是髮廊，每月某一個周末卻會變成老闆和同好表演的場所。第一次去即讓我驚豔，永遠忘不了那白色的小小的房子，半隔的樓中樓，臨空俯視下面的演出者。大提琴配白酒，那晚的滋味聽過是再也忘不掉。

蓮香樓相信一般旅遊書都不會放過，但是它old-school真的是很到位的香港風格。連在地香港人也同意。第一次去真的被人之衆嚇了一跳。一大圓一大圓的桌子滿滿的都是人，還都是不相認識的人。（在狹小的香港，大家似乎早已習慣和陌生人同桌）香港人很可愛，老伯伯看起來很冷漠，但是會突然靠過來指指餐車上的馬來糕很好吃要我們趕快去拿。座位自己找，飲茶自己拿。店員沖茶的技術誇張得令人很安心，隔著老遠替你沖一壺滾燙的熱茶，從不失手。

說到飲茶一定要說一下城大人的最愛「城軒」，學生價格便宜，卻是高規格高品質的好吃飲茶。奶黃包很道地的爆漿，至今我還沒有吃過更美味的。

車

在香港認識一個同是來自台灣的交換學生Watoto（奇特的名字，聽說是非洲語中小孩的意思，奇特的女生），她帶著我坐露天觀光巴士。她說她的香港朋友，一個CM學生問她想做什麼，她回答她想要很浪漫的行程。於是她帶她坐，於是她帶我坐。雙層的巴士，頂是電影裡面那種觀光專用的露天裝置。路程很短，從山底纜車站搭到中環碼頭。穿越香港高高低低，在香港銀白色的高樓大廈之中。耳邊聽見的是日本婦女觀光客的驚呼，眼睛看到的是呼嘯的風聲。我學著妳，往後躺在座位上，所見只有天空，我們彷彿只有天空。我們不拍照，繃緊全身的注意力只享受著眼前的一切。

下車在碼頭邊就是要買一下柔軟的像棉花糖在舌尖立刻溶化的富豪雪糕今天才算完整。

電影

在香港很常一個人。我喜歡看電影，也喜歡一個人，也喜歡一個人看電影。

香港Arts Center是個美好的地方。有展場，有Cafeteria，有agnès b.電影院。

台灣很吃虧的地方是不夠國際化，我並不是太著迷國際化。例如我一直認為全球化應該是各地的地方特色化。只是很多國際很棒的作品無法延展到台灣。像我還在香港的時候很幸運的碰到Channel和藝術家們合作推出mobile art，在Zaha Hadid所設計的裝置展場中在世界幾個大城市中輪流展演。很多電影台灣並不太常有機會放映，藝術品也是。

台灣是個很迷人的地方，越往外跑越是深深的這麼認為。總覺得台灣展現給世界的可以更好，我們隱藏了更多我們已呈現的。

糖水店

我最喜歡香港的糖水店了！

松記的幻彩明珠加一球芝麻冰淇淋一球餅乾冰淇淋最棒。

言語習慣

聽著旁邊的香港女生撒嬌的說著點訊（怎麼辦），旁邊的香港男生咕噥噥一般般（註1）的也不知道回了他些什麼。

廣東話很迷人也很惱人，漸漸的入侵我的生活變得像是流水聲一樣忘了注意它的存在。

很多架阿咪阿咩的 晒阿ar阿。

我要把它都記錄下來以後作為紀念不可以忘記。

生活的步調理所當然的理直氣壯，走過一樣的山邊小徑，看著香港人拿著鐵叉（怪極了）的烤著好像八百年也不會熟的肉。

（cherry說因為這樣可以烤很久，也是有點浪漫。）

對了說到浪漫，魏爸爸和秋芬很浪漫的寄給了我花朵。顏色是魏華妍挑的粉紅色。謝謝Xenia的蛋糕和karen的港漫。港漫超酷但是同樣的咪阿咩的太多。

我要在台灣發揚光大這是我的使命。傳染也好想給karen看。

還有糖果信和CD。

生活輕易的像是屋簷掉下來的水滴，滴滴答答濕了個滿地。

但是同時也有很多東西在流失。

悲傷也發出了衣服曬不乾霉的味道卻讓人無法抵抗的一直嗅一直。

（突然想到暑假又要到了像是汗流浹背一樣的夏天。）

給在火化場妳的你我的祝禱，還有妳的您。

我會一直陪在妳們身邊如果妳們用得到我的時候。

突然很想要回到高雄的那個地方，最近一直這樣想。

也想到了那年那個我很悲傷的墾丁，但是回想起來還是充滿快樂的。

那我們的阿里山或是澎湖或是熱帶島嶼一定要成行。

感覺快要沒有時間了，很多事情等待著被實行，卻又好像不是那麼重要。

我在香港倒數回台灣的日子，帶著雀躍又同時很悲傷。

註1　香港人很喜歡把一般說成一般般，廣東話直譯的關係。

異國學習大不同。

我所在的香港城市大學位於九龍塘（突然想起那坡道），是一個地理位置方便，小巧精緻的學校。（就位在又一城豪華百貨旁邊）大家最喜歡canteen了，便宜又好吃。美心麵包處處是。CityU位在山坡上，我們的hall也就是宿舍，讓人又愛又恨的處在更高的山坡上。九座hall圍繞著一片草地，被交換生們暱稱為the lawn，是約見面的最佳場所。

說到hall就要好好的介紹，在香港的日子裡hall life佔據了很大的一塊。房間小小的，藍色的卻也五臟俱全。兩間兩人房中間通道共用一座衛浴，也產生了toilet mate這個名詞，我總是笑稱Karen為我的廁所友。而我的roommate Cherry（每次回想香港講話似乎就必須入境隨俗夾雜一點英文單字。我還特地問過我的朋友，他們說一是為了速度二是反問我有些英文單字的中文很難立即反應，我想想也是。不過我實在有點同情香港人凡事講求效率和方便。人生可以緩慢一點。）是最棒的了！她很喜歡周杰倫，她的普通話說得一級棒；我是假的台灣人而她是假香港人。有一陣子我們很迷做菜，三個女生在交誼廳忙進忙出，然後邊吃飯邊看我看也看不懂的港劇。

關於課業。由於我是政治系，交換到香港的「東南亞暨國際學系」。但其實我並不缺學分，於是我選課相當的自由具彈性。想上上不到的課就索性旁聽，老師們多半對交換學生也特別關照。香港的大學多以英語授課，至少CityU就是。但是有些課有些教授還是多以廣東話教學，只好趁機多練習聽力。香港的選課制度和政大差不多，就是登記你喜歡的課然後系統再幫你順位或看資格符不符合。SemA我修了Intro to Journalism, Movie and Psychology, Marketing Management, Media and Pop Culture in East Asia, 加上旁聽一堂Documentary Photography的課；Sem B則修了Sexual Diversity, Architecture in HK,

Intro to Contemporary Art, Creative Web Design. 比較奇怪的是我還在香港修了初級日文和法文，City的師資很不錯，外文課程都是由外國老師以英文教學，所以對我而言沒什麼困難。

由於CityU的Creative Media(CM)學院很強，學生個體都特別又有創意，充滿著才華。香港的大學生大體和台灣的差不多，只是又多了一份瘋狂和調皮，或是剛好我認識的香港學生都這樣？（笑）Sem A旁聽的紀實攝影相當有趣，雖然廣東話我聽得很吃力，但是老師熱情又很可愛。帶著全班到旺角的古老巷弄拍攝街市、到鯉魚門尋幽。還帶著我們到老茶餐廳吃早茶！（真正的香港早茶台灣人一定很難想像，水煮的義大利粉或是公仔麵加上各式各樣的料或是蛋。當然有美味的西多士，炒公仔麵或菠蘿油自然也是選擇之一。當然還有最棒的奶茶或咖啡。）這堂課讓我印象深刻，因為我實地體會到了老香港的生活，走訪這些香港的理所當然。觀光客看不到的理所當然。

很明顯的，我在CityU所選修的課和政治幾乎沒有任何關係。而在Sem B之後情況變本加厲。

對我來說，修習Intro to Contemporary Art和Creative Web Design這類CM的課很新鮮也是種挑戰。Web Design這堂課更讓我吃盡苦頭，我本來就是電腦白痴，修完之後自己也覺得自己很勇敢。但是我很慶幸我嘗試了，也完成了，不管結果好壞與否。過程總是比結果重要。至於Intro to Contemporary Art更是讓我熱血沸騰的課。每位同學每個禮拜在開始上課的時候簡介一位藝術家，而老師每個禮拜所介紹的利用各種媒材、和挑戰個體極限的藝術家讓我驚訝於藝術表現形式的多樣化和極端性。裝置藝術，行動藝術，各種當代的創作形式。藝術已不再經由單一媒材所詮釋。學期結束報告每個人要present一份作品。我呈現了我在香港的攝影作品。同學們的創造力和想像力讓我自嘆不如卻也更加鼓舞我。

總而言之，我在香港學習的這段期間是自由的。我選擇我想要學習的而我也努力去學習。在CityU也應該是我大學生涯中最善用學校資源的時間了。上健身房，去圖書館看所有我想看的電影，探訪學校也探訪香港在我的努力極大化。

緊湊又悠閒又飽滿的學生生活，在香港，二〇〇七——二〇〇八。

Travel plan

帶著背包旅行去

星期四　今天是貴州文化交流團的第一天，懷著忐忑不安的心情前往上水火車站。如我所料，我是整團唯一的交換學生，唯一的台灣人，也是唯一幾乎不會說廣東話的人。還好同學們都非常照顧我，以他們的普通話和我奮力溝通。

這天早早就寢，準備迎接隔天的風景和挑戰。

星期五　心虛的是在此行之前，我對貴州，對鎮遠其實是一知半解。背後的城市規劃和鎮遠縕含的人才文化，在參觀完展覽館，加上導遊小姐的詳細說明之後，才驚歎並且了解。參觀傳家民居的經驗很特別也令我印象深刻，看似蜿蜒並且斜曲著的大門巷弄其實都通往河流，人民通勤來往及活動維生的源頭。高明的設計和巷弄曲折帶來的氣氛和光影深深吸引著我。前去民居拜訪讓我目睹人民真正生活在其中是怎樣的一種光景，其中的人物對待我們如同是隔壁來訪的鄰居一般親切。天后宮的開闊和梯階的堆疊美麗、杏花村的午餐，風景和佳餚難分軒輊。

這天行程最讓我難以忘懷的除了巷弄美景，其實還有對於和平村遺址的疑問。日本戰俘設置的和平村，展覽說的盡是中國的寬大和胸襟，不禁讓我疑慮事情的倒向太過一面化，但如同馮老師在晚上的分享會所說，歷史的真相和動機難以分析，不如相信人性的正面性和善良光輝。我們都太習慣及沉迷於所謂的陰謀論及人性自私的本惡，無法相信真正無私的善或許才是造成今日世界動亂的根因。

下午舞陽河的山石風景需要加上很多的想像力去幻想人文歷史故事，後人對於前人的仰慕及浪漫的投射令人會心一笑。隨後晚上夜遊舞陽河及兩岸的夜市市集，和同學們遊逛於異地的獨特風情。

這天晚上進行了討論會。平日嘻嘻哈哈的同學每個人分享此行目前為止的感想和分析。我偷偷訝異於大家隱藏在笑鬧之下其實是很有想法並且判斷懷疑於看到的常態之下。我聽到及學習到很多以前從未思慮過的，保存少數民族的文化遺產在我心中一直是不容懷疑，我卻忽略真正從少數民族的角度去思考。阻止他們進化是我們溫飽後自私的行為，物競天擇的道理到今天似乎也是不容置疑。觀光也許是另一種保護文化遺跡的媒介即使我對於觀光勝地一直不是太欣賞，也發現了自己對於生活品質的追求和想要徹底體驗未開發之中的矛盾和衝突。此行一直也經歷了很多矛盾和衝突：保護少數民族文化和進化、商業觀光和遺跡保存等等。大家也提到了很重要也是根本的一點：沒有人可以去保護別人的什麼，真正的力量來自於先肯定自身的文化，才能夠真正保存及流傳。自身的認同才是遠勝於一切的。

星期六　早上參觀了青龍洞，儒釋道三者的交融是我所不知道的。對於窗框文字雕刻的設計印象特別深刻，前人的聰明和藝術性讓我深深仰慕。建築、石穴、古木藤蘿和風景交織的如此自然，彷彿是上天早已設計好的一般交融。

星期日　這天早點在路邊一家不甚起眼的麵攤，其美味度卻讓大家驚豔。

真正的美食，往往藏身於地道街頭之中。

接著前往三板溪大壩水電站並且乘船往當地苗族人家中前進。下船之後需要爬一段山路，我們這些都市孩子大都屈服於陡峭的山路階梯，也佩服苗族老爺爺老奶奶每天看似稀鬆平常的往來通勤於其中。到達苗族部落，長老熱情的和我們握手，那一句「辛苦你們了」的溫暖令人久久無法忘懷。忙著替我們倒茶張羅東張羅西，介紹及耐心回答我們的問題，和他們聊天像是沐浴在微風中。苗族建築的挺拔、中空樹木的由來、親切的老奶奶和背上小孩的純真笑容，一切的一切都是那麼剛好也充滿情意。享用最道地的苗家風味，辛辣中帶著一點甘甜。在吃飯前必須先飲盡杯中酒，這樣的熱情和經驗真是前所未有。

酒足飯飽之後，順帶一提自家種的橘子是我吃過屬一屬二的美味，我們爬上更高的山邊風景。老奶奶們堅持和我們同行，挽著我們的雙手，看著我們的眼睛唱著我們不甚了解卻又完全可以體會的山歌。彎駝著腰背健步的走著，燦爛的笑容眼睛也瞇著在笑；我是第一次這樣完整和強烈的接受別人的真摯，那曲調和那歌聲是我聽過最美的。

下山的沿路風景，油菜花的美麗唾手可得的如此自然，我們帶著最豐盛的收穫離開。

傍晚來到了隆里古城，再一次體驗前人的智慧，軍事屯堡設計的巧妙和高明之處；同時古城的美麗自成一格。周邊的流水風景，油菜花配搭在深紫色的天空，貴州美麗的如此正當和稀鬆平常讓人嫉妒。夜晚在古城中享用晚餐，我是第一次在星光下吃飯，從來沒有想過真的可以在夜空下欣賞銀河，搭配同學的專業講解，難以忘懷的美深刻紀錄於腦海。

晚上入住博物館專家工作站，由於地勢的狀況，全員被迫下車走過泥濘尖石。這晚很顛簸也很難忘，看到了男生們拚命的幫忙剷平道路，女生們關切和擔心的眼神。我在這晚體驗了這個團體的團結和一體性。

星期一　早上驚訝於此工作站杆欄的交錯和美麗，同時與風景交織的自然不衝突。早上在工作站附近參觀，侗寨民居和苗族的感覺完全不同，高起的杆欄下是一列列的棺材，看到他們對於生死觀念的豁達和前衛。糧倉、寨門、戲臺，體驗於一切都獨特的侗族文化。經過一扇門前，看到裡頭的老婆婆，我和同學和她打招呼般的微笑，她立刻在殘缺的牙齒下捌出好大的笑容，招呼我們進去參觀甚至想留我們一同吃飯。這樣直接不做任何掩飾的熱情和溫暖讓我受寵若驚，或許在都市叢林之下，我們已太習慣於保護自己、躲藏在準備好的面具之下，以防受到任何未知的傷害。忘記了人與人之間的聯繫，其實可以如此單純且沒有保留，我得到的不只是表面所觀。

下午到達了全員期待已久的希望小學，我們緊張的一再演練要帶小朋友們的遊戲和活動。緊繃的心一看到小朋友們就徹底融化，開心的和他們一起遊戲和畫畫，我們彷彿才是今天被帶領的一群。我們從他們身上得到的遠勝於我們付出的。

發禮物時刻的心情很矛盾也帶著一點沉重，準備了兩份是否只換得兩份笑容。最後的權宜之計是大家把禮物拆開打散，希望人人都可以分到一些開心。

星期二　睡眠惺忪中醒來，我們在六點整裝出發，準備告別貴州，這個美麗也真誠的地方。一路上我們除了睡眠也把握僅剩的共處時光。最後的分享會讓我確立這個團體不會只是一時，我們會帶著共同的記憶和成長一起走下去。

中國行

老奶奶們堅持和我們同行，
挽著我們的雙手，看著我們的
眼睛唱著我們不甚了解
卻又完全可以體會的山歌。
彎駝著腰背健步的走著，
燦爛的笑容眼睛也瞇著在笑。

某一天聽到素描老師說：「人在遙遠的距離，才能夠看清、看透徹某些事情。」在沉澱之後，或者是說，在遠離之後，原有的習慣已不再構成理由，逼迫你跳脫，從原始的動作中醒來，強迫比較。才發現那些過往，美好一直存在你心中。

並不是舊有的不好，我總說，我在台北懷念在香港床頭邊上的遙想台北慵懶午睡下午。（突然想起九龍和本島中間那片海，我總是捨棄快速的MTR而搭上浪漫而破舊的天星小輪。邊吃著中環碼頭邊買的霜淇淋我的最愛。大概五分鐘的旅程，海風迎面撲來也不知道算不算海風因為它帶來高樓大廈霓虹般的氣味。停格的畫面常在不經意中被撩起。像是看重複無趣的電視廣告或發呆望著路邊植物出神這類片段。）人總是在彼端緬懷曾經是那麼真實、手中溫暖抓攫個滿懷的一切。

人有多麼堅強，堅強到獨立飄遊在外流連不往返；又有多麼軟弱，軟弱到一種口味即喚醒所有記憶、所有愁思撲上心頭。一種幻想與仰望。

回到台北的現在，我一邊完成剩下的學業一邊開始學習我喜愛已久的攝影。香港的畫面常在我心中停留。日常生活的軌道又再一次回到規律，彷彿過去的一年只是浮光掠影、蜻蜓點水般了無痕跡。但只有自己心頭清楚，沒有了那一年一切將不會是一切。現在也不會是現在。

擁有追尋自己夢想的勇氣從不是一件容易的事情對我而言。

這一年，我學會了放下和追尋。我學會了體認距離有多麼嚴重了不起又是多麼微不足道。它在人與人之間

有些事情值得付出、值得追尋和努力。即使結果失敗，即使一切辛苦都如微風拂過沒有痕跡，回到原點。

的考驗可以撕毀一切，但也可以是很簡單純粹。單純到你知道即使不是每天在身邊，有些東西永遠都不會變。老了也不會變，遙遠也不會變。即使是稀飯都酸掉了也不會變。

而在年輕的當下，沒有什麼可以損失。只有作了看似正確和大家差不多的選擇而辜負自我的風險而已。因此有些事情值得付出、值得追尋和努力。即使結果失敗，即使一切辛苦都如微風拂過沒有痕跡，回到原點。走錯了一遭又如何，生命一切都完美就沒有什麼好歌頌。至少試過了也就沒有遺憾。沒有遺憾得很爽快。道理大家都懂，作起來卻不是那麼容易。但是追尋夢想好浪漫，不試試看又怎麼會甘心。

台北香港，香港台北。常有似曾相識的錯覺，相像卻又完全獨立。不一樣的連其味道都不相同。我很幸運可以深入了解一個異地，有我自己解讀的深刻。台北我的家我的出處，孕育我美好和破敗的地方；讓我珍惜，讓我比較，讓我懷念。讓我感知異鄉的美妙，卻又無時無刻不透露著家鄉勾引的懷抱。

那杯凍檸水和茉香奶綠，那份培根蛋和公仔麵；那風雩樓和105A, hall 3,那吵雜和那擁擠；那公車道和瘋狂小巴，那虛妄101和那人工天際線；那雞蛋仔和那雞蛋糕（雖然吃起來很像）；那絮聒和嘮叨，那熱情和直接；那廣東英文夾雜和台灣國語，那台啤和蘭桂坊；那溫暖和那溫暖。

那份鄉愁，那份懷念。

會飛的書包：騎著學習掃帚的交換學生 / 孫書恩
等著.： -- 初版. -- 臺北市：大塊文化, 2009.04
面； 公分. -- (catch; 151)
ISBN 978-986-213-115-2(平裝)

855 98004647

10550 台北市南京東路四段25號11樓

廣 告 回 信
台灣北區郵政管理局登記證
北台字第10227號

大塊文化出版股份有限公司　收

地址：□□□□□ ＿＿＿＿市／縣＿＿＿＿鄉／鎮／市／區

＿＿＿＿＿＿路／街＿＿段＿＿巷＿＿弄＿＿號＿＿樓

請沿虛線撕下後對折裝訂寄回，謝謝！

大塊 LOCUS 文化

編號：CA151　書名：會飛的書包

大塊文化 LOCUS **讀者服務卡**

謝謝您購買本書！

如果您願意收到大塊最新書訊及特惠電子報：

－ 請直接上大塊網站 locuspublishing.com 加入會員，免去郵寄的麻煩！

－ 如果您不方便上網，請填寫下表，亦可不定期收到大塊書訊及特價優惠！
請郵寄或傳真 +886-2-2545-3927。

－ 如果您已是大塊會員，除了變更會員資料外，即不需回函。

－ 讀者服務專線：0800-322220；email: locus@locuspublishing.com

姓名：＿＿＿＿＿＿＿＿＿＿＿＿＿＿＿＿＿＿＿＿姓別：□男　□女

出生日期：＿＿＿年＿＿＿月＿＿＿日　聯絡電話：＿＿＿＿＿＿＿＿＿＿

E-mail：＿＿＿＿＿＿＿＿＿＿＿＿＿＿＿＿＿＿＿＿＿＿＿＿＿＿＿＿＿

您所購買的書名：＿＿＿＿＿＿＿＿＿＿＿＿＿＿＿＿＿＿＿＿＿＿＿＿

從何處得知本書：

1.□書店　2.□網路　3.□大塊電子報　4.□報紙　5.□雜誌
6.□電視　7.□他人推薦　8.□廣播　9.□其他

您對本書的評價：
（請填代號　1.非常滿意　2.滿意　3.普通　4.不滿意　5.非常不滿意）
書名＿＿＿＿內容＿＿＿＿平面設計＿＿＿＿版面編排＿＿＿＿紙張質感＿＿＿＿

對我們的建議：＿＿＿＿＿＿＿＿＿＿＿＿＿＿＿＿＿＿＿＿＿＿＿＿＿＿

LOCUS

LOCUS